婉约 著

一位江南才女的婉约心事

相遇红尘，邂逅爱

中国华侨出版社

前言

做一棵会思想的小草

文/疯狂侠客88

我们，都是凡人，都是匍匐在贫瘠的土地上仰望阳光的小草。

既然坠入凡尘之中，便无法端坐于云朵之上；既然深陷世俗囹圄，便无法在烟火之外独自逍遥。普世之下，既要跟时光推杯换盏，又要对生活半推半就，我们终不能成为世外高人超然一切，只能安然一隅，做个妥帖的凡人。

小时候的世界很小，心却很大，小小的心灵恨不能装下整个世界；长大以后，世界变得更广，心长得更宽，可容纳的却越来越少。

于是，三两个人一盏茶可以喝到无味，几件不痛不痒的事可以从晨钟绵延到暮鼓，若干小心绪的云朵变幻着不可预测的颜色飘来荡去，除此之外，再也盛不下任何东西。

直到有一天，我们相遇在红尘，直到，一个名字极具江南色彩的女子出现在文字江湖中。"婉约"，柔美含蓄，温婉悠扬，字如其名，文如其人。

在数千个聚集在中国文字缘文学网为文学辛勤耕耘的日日夜夜里，我们像极了缺乏营养的小草，在文字的土壤中贪婪地汲取各种肥料和养分，编辑别人的文章，也写出自己的心声。

作为总编，婉约的辛劳和勤奋有目共睹，赢得了许许多多作者和读者的赞扬。作为作者，婉约的文字也深受读者的喜爱。

婉约的文字，清新亮丽，自然万物的枯荣往复，尘世人间的沉浮轮回，江南山水的繁华风韵，都被她超凡脱俗的灵性所触摸和感悟。奔走尘世，沾满烟火，但她骨子里的，是远远的烟霞明月，是清清朗朗的柔肠风情。所以她的文章能够强烈地冲击读者的眼球，并震颤着读者的灵魂。

在《风动桂花香》一文中，她写道："在水里浴过，在火里烤过，历经艰辛，如凤凰涅槃，桂花，终于等到了清风徐来，等到了属于自己的花开。""孕蕾时蒸得越透彻，花开时才会越香浓，桂花，是被蒸出来的。"是啊，没有哪一种花开不经历艰辛的孕育，没有哪一种香飘，不途经自然的烘焙，没有哪一种成功，不经过旷世的努力。只有真正在生活中磨砺过，并用心融入生活，才会有如此深刻的体会和感悟。

作为江南才女，水乡情怀是本书的重头戏。寓情于景，情景交融，在婉约的文字中浓墨重笔，流光溢彩。"古巷丁香，小桥流水，一把油纸伞，一位美少女，这便是江南的画卷。""走在悠长的雨巷，看青青的石板垒起故事，看苍劲的藤蔓爬过墙角，看高高的屋檐讲述传奇，看流年似水匆匆而过。感觉每一片苔藓都写满诗意，每一架纺车都缠着曾经，轻触一扇扇古老的门窗，思绪万千，不知道如烟往事，锁往过多少寂寥惆怅，也不知道古老长巷，有多少故事曾纷纷上演？"得益于浙大中文系专业的塑造，婉约用充满灵性的文字，为读者徐徐拉开江南古镇古老而充满独特魅力的神秘面纱。

在情感话题方面，无论是亲情，友情，还是爱情，婉约的文章大多比较含蓄，没有通常意义上的那些煽情做作，而是自然而然地真实流露，同时，很多地方及时留白，给读者埋下无限想象的空间。

在《相遇红尘，邂逅爱》一文中，作者如此诠释爱："爱，一个古老而又神圣，温馨而又脉脉的字眼儿，一个只可意会不可言传，干净而又纯粹的符号，深深融入我们的生命，成为生命里光彩夺目的诗篇。它就像一个魔法师挥动着手杖，可以让人哭着微笑，也可以让人笑着流泪；它，用最简单直白的方式陪伴着我们，走过流年寂寂，走过沟沟坎坎。是爱，让我们有勇气直面人生，是爱，让我们燃起生命之炬，有力气蹚过岁月的荒芜。"的确，没有爱的世界是无法想象的，正是因为爱，人间才充满真情，充满暖意，对抗着无边的苍凉。

巴金在谈到人们为什么需要文学的问题时，曾指出，公众需要它来扫除心灵中的垃圾，需要它带来希望，带来勇气，带来力量。巴金总结自己 50 多年的文学生活，坦承："我为什么需要文学？我想用它来改变我的生活，改变我的环境，改变我的精神世界。我五十几年的文学生活可以说明：我不曾玩弄人生，不曾装饰人生，也不曾美化人生，我是在作品中生活，在作品中奋斗。"

如果你面对阳光，你看到的将是一个五彩缤纷的绚丽世界，如果你转过身，留给你的将是一地横斜疏影。同样，如果你敢于直面人生，你将享受艰难生活带来的多姿多味，如果你试图转身逃避，你将不得不终日面对斑驳和苦涩。

所以，我们宁愿做一棵会思想的小草，即使在最平凡的世界。

2016 年 12 月 6 日于靖江

目录

第一辑　水墨江南 / 风动桂花香

如梦乌镇，似水流年　　　| 003

风之语，在梅梢　　　| 010

桃花醉春风　　　| 014

人间四月，西子有约　　　| 018

旧夏的味道　　　| 022

最是江南一莲荷　　　| 027

风动桂花香　　　| 032

江南清梦，蔷薇花开　　　| 036

童年的记忆　　　| 039

舌舞人生，味美靖江　　　| 043

乡愁　　　| 048

月色下的光与影　　　| 055

| 紫薇，紫薇 | 058 |
| 一蓑烟雨润平生 | 063 |

第二辑　红尘醉暖 / 相遇红尘，邂逅爱

相遇红尘，邂逅爱	071
等待	075
执笔流年，共守文字缘	078
遇见温暖，遇见你	082
遇见	086
遇见，唯美了时光	089
网缘，只为一程孤独	093
女人心中的那条河	098
红尘醉暖，共守清宁	103
一生的朋友	106
风雨路上悟朋友	109
记忆深处的暖	112

这香，是岁月的沉香	116
红尘千载，且听风吟	120
时光如水，且行且惜	123

第三辑　时光知味 / 人生一缕薄荷香

回味时光	129
人生一缕薄荷香	132
拿什么来报答您	136
萱草花开	143
晚来天欲雪，能饮一杯无	146
你若盛开，清风自来	150
雨夜听雨	154
当时的月光	158
听得时光枕水眠	162
生命之轻，生命之重	165
品读秋天	168

偷得浮生半日闲　　　　　　　　| 173
风吹过的味道　　　　　　　　　| 176
幸福像花儿一样　　　　　　　　| 179
有什么样的朋友，就会有什么样的人生　| 182

第四辑　更深露重 / 谁念西风独自凉

光阴的故事　　　　　　　　　　| 187
一个人的行走　　　　　　　　　| 191
这么近，那么远　　　　　　　　| 194
何处合成愁，离人心上秋　　　　| 197
谁念西风独自凉　　　　　　　　| 201
黄昏雨落一池秋　　　　　　　　| 206
寂寞，缱绻一世的情殇　　　　　| 209
风之约，何时逢　　　　　　　　| 212
记得桂花香　　　　　　　　　　| 216
曲终人散　　　　　　　　　　　| 219

目 录

别把无奈当借口 | 223
不敢不老 | 226
谁的眼泪在飞 | 229
在薄情的世界，深情地活着 | 234

后记 | 238

第一辑　水墨江南∕风动桂花香

水榭楼阁，雕梁画栋，桨声灯影里，那一句句让人沉醉的吴侬软语，江南给人的，永远是魂牵梦萦，哪怕一阵风，都带着花的香息，哪怕一阵雨，都带着水的脉脉。此去经年，浮生若梦，多少流年暗换，江南给人的，又何止是温婉柔情。深厚的历史文化底蕴，轮回千年的世事沧桑，让江南的一草一木都充满了灵性，一砖一瓦都写满了故事。

如梦乌镇,似水流年

我想我是属于古镇的,至少我的思想和灵魂是属于白墙黑瓦,属于小桥流水的。

说来也怪,生在江南,长在江南,却依然对江南的细腻温婉有着难以割舍的深深眷恋。尤其是古镇,更像是刻在心上的刺青,那些古朴典雅的明清建筑,那些烟雨朦胧的悠悠古巷,那些橹声欸乃的阡阡河道,那些月上柳梢的深深庭院,那些河埠拱桥,那些人文情怀,无一不烙印在内心深处,无论时光如何涂抹,都挥之不去。

水榭楼阁,雕梁画栋,桨声灯影里,那一句句让人沉醉的吴侬软语,江南给人的,永远是魂牵梦萦,哪怕一阵风,都带着花的香息,哪怕一阵雨,都带着水的脉脉。此去经年,浮生若梦,多少流年暗换,江南给人的,又何止是温婉柔情。深厚的历史文化底蕴,轮回千年的世事沧桑,让江南的一草一木都充满了灵性,一砖一瓦都写满了故事。

行走在诗意含蓄的江南,举手投足,都能感受到云淡风清,低眉垂首,亦会有感动在心头。如果说江南,是老去的时光在生命的皱褶里遗落下来的风情万种,那么古镇,便是江南的魂。它似一叶小舟,泊进我们的心湖,那或明或暗的灯火,召唤着我们,让我们在闹市中,也能觅得一丝清宁。它似一支竹笛，幽远绵长，吹响在我们生命的原野，那清丽婉转的笛音，让我们走得再遥远，也能找到心的归途。

择一城终老，遇一人白首。相信每个人的心里，都有这样的奢望：在最充满温情的地方，守一段最美的爱情，做一回生活的宠儿。然而很多时候，我们追不上理想的翅膀，只能在事与愿违中煎熬。每每，穿行在钢筋水泥的丛林中，面对越来越高耸的楼宇，出入越来越高端的场所，享受越来越丰盛的美食，坐拥越来越便捷的交通，我们却备感孤寂，除了空空的行囊，真正属于我们的，少之又少。

是岁月不宽容，还是时光太仓促，是思想太浮躁，还是行色太匆忙？我们在心里一次次地问，却再也找不到答案。

心若没有归处，到哪里都是流浪。到底有多久，我们来不及等一等自己的灵魂，到底有多久，我们顾不得守一守梦中的桃源？在现实生活中追风逐浪，疲惫不堪的我们，无力抗争，无从躲避，而我们的内心，又有多少的不甘，挣扎在梦里梦外？

多么向往有一个地方，能够容我们放下沉重、疲惫与压抑，多么向往有一个地方，能够容我们忘掉苦痛、烦恼与忧伤，多么向往有一个地方，能够把平凡与平淡，演绎成温馨、浪漫而富有情调。在庭前品茶，在花间醉酒，闲敲棋子，著书泼墨，而这样安逸的生活，唯梦里水乡才给得起。

说起梦里水乡，有许多优美的诗句如神来之笔，唯马致远的《天净沙·秋思》中的那一句千古绝唱："古道西风瘦马，小桥流水人家。"最能勾起人心中的相思。在无数个与古镇对望的日子，我和所有无缘与之相守的人一样，只能借一纸墨香，在古老的韵律里徘徊。直到有一天，再也按捺不住心中的神往，乌镇，也就成了我这个江南人寻梦与圆梦的首选。

"乌镇永远是乌镇，在这江南水乡最美的一隅，那么温润，犹如黄昏里的一帘幽梦，晨光中一支摇曳的玫瑰"。是啊，乌镇永远是乌镇，一个完整地保存着晚清和民国时期水乡风貌和格局，有着1300多年建镇史，素有"中国最后的枕水人家"之美誉的水乡古镇；一个积淀着深厚的历史文化底蕴，翰墨流芳，诗画般唯美的水乡古镇；一个回荡着南梁昭明太子朗朗书声，孕育过文学巨匠茅盾，拥有独一无二草本彩烤工艺制作的蓝印花布、各式古物馆藏、佛门道观，原汁原味生活着的水乡古镇。

走进乌镇景区，仿佛走进了一幅古老而意境幽远的水墨丹青画轴里，那依水傍街，鳞次栉比的明清建筑，那错落有致的粉墙黛瓦，那爬满青苔的河埠石槛，那咿呀欢唱的乌篷小船，那细雨般幽深绵长的古老街巷……无一不震撼人心。这种感观上惊艳的美，一支瘦笔又怎能写尽，或许只有身临其境，亲自踏上悠悠的雨巷，住一住古朴的民居，摸一摸古老的藤蔓，看一看古旧的典藏，你才能真正感受到历史赋予它的厚重，才能真正感知它的妙不可言。

小桥、流水、烟雨、人家，处处都浓郁着诗情画意。如果说水，是古镇永恒的主题，那么明清建筑便是这首主题曲中不可或缺的组成部分，而水阁更是其中的点睛之笔。乌镇，不愧为中国最后的枕水人家，十字形的内河水系将乌镇划分成东南西北四个区块，河流密度和石桥数量均为全国古镇之最，茅盾先生笔下所描写的那些能够站在后门口用吊桶打水，午夜梦回可以听到橹声欸乃飘然而过的水阁就散布在市河的两侧。

水阁风韵天成，面朝古街，背倚市河，清一色木质结构，外涂黑漆，三面有窗，屋屋相连，绵延数里远。那些筑建在河道上与主楼房连成一体的楼阁，被石柱、木桩撑起，像极了傣族的吊脚楼，远远望去就像是行走在水里的船。楼上是烟火人家，楼下是流水潺潺，鱼鳞状的青瓦在屋脊上连绵起伏，那沾染上烟火味的醉心之美，自无须说。

坐在瘦小的乌篷船上，看河两岸那些远了又近了的景，那高耸的马头墙、观音兜，那青灰色的瓦片、起伏的屋脊，那飞翘的檐角，雕花门窗，禁不住浮想联翩。试想，在某个月白风清的夜晚，在水阁临窗的小木桌上，借一盏台灯橘黄色的光，铺开信纸，将心中玲珑婉约的心思一句一句写在粉蓝色的信笺上，然后轻轻折叠，放进信封，遥寄给思念的远方。或者是某个细雨缠绵的秋夜，捧一杯菊花茶倚窗而立，看细密的雨点滴落在水面，任清凉的晚风吹起发梢，吹皱阁楼下那泓流淌的水。微微的遐思里，往事随雨点穿尘而来，密集而下，剪不断，理还乱，此时心，也一定会沾上水气，细腻而湿滑。那该是多么美妙的事。

乌镇，风景秀丽，人杰地灵。故居、书院、道观、当铺，古迹名胜俯拾皆是，民俗馆藏亦如瑰宝，让每一个与之邂逅的人，都甘心沉沦，来过，便不想离开。

走在悠长的雨巷，看青青的石板垒起故事，看苍劲的藤蔓爬过墙角，看高高的屋檐讲述传奇，看流年似水匆匆而过。感觉每一片苔藓都写满诗意，每一架纺车都缠着曾经，轻触一扇扇古老的门窗，思绪万千，不知道如烟往事，锁往过多少寂寥惆怅，也不知道古老长巷，有多少故事曾纷纷上演？

乌镇，就是这么一个能够让人浮想联翩，触景生情的地方，正如我试图推开一扇窗，乌镇却为我打开一扇门，那种不期而遇的欣喜与感动。

当我站在宏源泰古老的手工染坊前，看高达十几米的晒布杆上，那一杆杆密密匝匝悬挂下来的蓝印花布，我的心再一次被深深震撼。这些有着上千年历史，用石灰、豆粉合成灰浆烤蓝，在手工纺织的白布坯上，刻版，刮浆，再经过多道印染工艺制作而成的纯草本手工布艺，就像一股清新而自由的空气，带着原野里泥土的芬芳，在空旷的晒布场上飘飘荡荡。那纯粹的蓝，那质朴的白，那如精灵般飘逸的美，涤去浮躁，摄人心魂，让人一下子就回归到了纯真年代。

穿行在舞动的蓝印花布间，被似曾相识的感觉包围，是一种幸福。或许曾经，我就是古镇农家的女孩，着一袭蓝印花布，采桑养蚕，纺纱织布。闲时，也会去院里采一枝梅花或碧桃，插在古旧的白瓷瓶里，也会给茉莉浇水，将白兰花串成一对别在衣襟，也会在河埠上淘洗，看船只过往，也会迎着朝露，目送晚霞，把每一天都过成栀子花的模样。或许曾经，我就是那个行走在缥缈雨雾中的民国女子，曾站在飞檐翘角的屋檐下，倚着木门，依依不舍地目送过心爱的男子远出求学，看那袭飘逸的绸衫，在雨雾中渐远，而那条随风摆动的白色围巾，又把思念拉得悠长悠长，牵住彼此的心。

不知谁说过，人生中最美的，不是下雨天，而是和你一起躲过雨的屋檐。或者，人生中最美的，不是和你一起躲过雨的屋檐，而是那些能够被唤醒和铭记的点点滴滴。

若人生，有许多值得记取的东西，那么乌镇老邮局便是最能唤醒记忆的地方。老邮局创办于清光绪二十九年，历经风雨的洗礼，至今仍然对外营业。它是一座砖瓦结构的老式洋房，也是西栅景区唯一一座浓郁着西洋味的建筑物。那圆型的拱柱，镂空的铁艺门窗，还有默默伫立在门口的绿色大邮筒，会让你想起许多鸿雁传书，与书信有关的片断。

华灯初上，老邮局弥漫着更加迷人的气息，屋子里柔和的灯光从镂空的门窗里泄出来，与古镇上的万家灯火融为一体，珠联璧合，于古朴中揉入了浪漫，于浪漫中增添了更加温馨的情调。思绪忽然被拉得很长很长，仿佛回到了民国时期，十里洋场的上海滩，余音袅袅，纸醉金迷，有舞步轻盈，有红酒摇曳。

如果说古朴是一个时代的缩影，那么纸醉金迷又是一个时代的缩影，当我们在喧嚣的缝隙里，用现代人的眼光去审视远去的古朴之时，古朴又成了时尚。今夜，当我坐在临河的茶馆，在红泥火炉一点一点的光亮里，在杭白菊不绝如缕的袅袅清香中，看七彩灯光勾勒出如梦似幻仙境般存在的乌镇，看对岸酒楼上推杯换盏，把酒临风的身影，看乌篷船在眼前影影绰绰飘然而过，时光的桨上再次镀上令我沉醉的光芒。

走过悠悠的雨巷，饮过三白酒的醇美，爱过一个正当年华的人，当我在铺满故事的雨巷，把流走的岁月捡拾，水样般柔美的乌镇，已不只是一个古镇。梦圆，你是我心的港湾，离去，你是我心的原乡。纵然流年似水，而这静谧的时光，静默中的相依相守，已烙进我心里，足够温暖我的，一世一生。

今晚，我只想枕着你的温柔入眠。

风之语，在梅梢

江南的春天总是来得那么早，那么的欣欣然。还没来得及细细端详冬的面容，用手细抚冬的寒凉，春天已经跨过了冬的门槛，迫不及待地关起了一屋萧瑟。踏着轻轻的脚步，在乍暖还寒的风中，它来了。先，是满树的梅花开了，继而是柳枝冒出了新芽，林中，那不知名的小鸟清脆婉转的啼鸣，又为渐浓的春意增添了几分色彩。

站在清冷的风中，极目远眺，那一层绯红，那一层粉白，那一层嫩嫩的绿，如薄纱轻展。大自然，用诗情画意勾勒出清新的美，用浅笔抒写着春的律动，那景致清纯得宛如一位纯情少女，将一脸羞涩浅藏在了悠悠春水边。春寒料峭时节，最适合踏春，那种在阳光下与初春相拥的心情，有说不出来的舒爽。

梅，开百花之先，独天下而春。自古以来，作为一种气节与品格的象征，以其疏放冷艳、洁净孤傲的品格为世人所敬仰，以其清雅俊逸、傲霜斗雪的风姿为文人墨客所喜爱，更以其凌寒留香、疏影横斜的唯美意境令爱花之人追逐。

早春二月，乍暖还寒，成片的梅花已疏枝缀玉，傲然怒放。那精致小巧的花朵，艳如朝霞，白似瑞雪，绿如碧玉，黄得璀璨，非同凡俗的气度，气宇轩昂的风姿，岂是一个美字能够形容？疏影横斜水清浅，暗香浮动月黄昏，那随风潜行的暗香，不艳俗，不谄媚，它所蕴涵的，又是怎样一种高贵的品质呢？

超山，位列江南三大赏梅胜地之首，素以"古、广、奇"三绝名闻天下。称其古，超山有二大古梅：唐梅和宋梅，占我国晋、隋、唐、宋、元五大古梅之二；说其广，超山素有"十里梅花香雪海"之称，每到梅花盛开之时，会呈现十分壮观的梅海胜景；赞其奇，是超山的梅花有特别奇特之处，天下的梅花都只有五个花瓣，而唯独超山的梅花有六个花瓣。

一代金石书画大师吴昌硕生平以梅花为知己，一生钟爱梅花，尤以超山梅花为其最爱，不仅留下了"十年不到香雪海，梅花忆我我忆梅，何时买棹冒雪去，便向花前倾一杯"的千古绝唱，更将超山作为他身后的长眠之地。而今，这首脍炙人口的诗被篆刻在梅园入口处高高的牌楼上，和先生一起，静守梅园。超山的梅花，因此而更多了一份灵性，更加令人神往。

二十四番花信风。二月春早，风中，传来了梅开的消息，而超山一年一度的梅花盛会，也借此拉开了帷幕。这个周末，凡俗的我们，也因了这场梅花盛事而平添欢喜。

当我站在梅园入口处高高的石牌楼前，仰望着门楼两侧吴昌硕老先生泼墨挥毫的千古佳句时；当我随如潮的人流，徜徉在这片素有"十里梅花香雪海"之称的梅花的海洋，呼吸着润泽而清甜的空气时；当我倚着吴昌硕纪念馆门外，当年他亲手栽下，如今已是花团锦簇硕大无比的蜡梅王前摄影留念时；当我站在珍稀古老的唐梅、宋梅前，触抚着它们遒劲苍老的枝干，看星星点点的梅朵依旧昂扬着生机，绽放在梅梢时；我终于明白，梅，在爱梅之人心中为何会有如此重的分量。

风之语，在梅梢。任凭岁月的风霜刀刻在身上，又怎能磨灭心的意志。在苦寒中孕育希望，在艰辛中磨砺意志，但等春风吹来，那一树树昂首怒放的花朵，便含笑在最冷的枝头，彰显着生命的意义。"墙角数枝梅，凌寒独自开。遥知不是雪，为有暗香来"。那傲霜斗雪的风姿，那无意争春的品格，那峻洁清高的个性，那寂冷之处的暗香，无不令人折服。冷冷冰雪，岂能阻挡？

总觉得梅花的美，是带发修行的妙玉，冷中有热，极度孤傲。一袭僧衣裹不住青春的张扬，青灯古佛掩不住内心的向往。这个身在佛门，心向红尘的美丽女子，用冷眼看世界，用痴心寻觅爱，用自尊守清白。栊翠庵中那一树树悄然绽放的红梅，掩映在雪色中，冷艳而孤寂。那冰雪世界里的一抹红，是生命最美的绽放，散发着扑鼻的异香。

总觉得梅花的美，是巴金笔下的明轩与梅表妹，那忠贞不渝的爱情，至真至美。虽然青梅竹马的爱，经不起封建礼教的狂风骤雨，那一院迎风而泣的梅花，被撕扯成片片心碎。爱，盛开在梅园，凋零在梅园。然而，生命中那一种极度珍贵的坚贞与执着，如风中怒放的花朵，苦涩中依旧那么美，冷寒中，依旧酿芬芳。

总觉得梅花的美，凝聚着精神的力量，仿佛诗人陆游，那历经坎坷却无比高洁的内心世界。"无意苦争春，一任群芳妒"。那零落成泥碾作尘，依旧香如故的孤高雅洁，那不畏强权，傲然倔强的文人风骨，是如此的令人钦佩。"何方化作身千亿，一树梅花一放翁"。这个酷爱梅花的诗人，用拳拳赤子之心守护着心中的圣洁，用满腔赤子之情诠释着爱国报国的真情，让人敬仰，荡气回肠。

总觉得梅花的美，是生命赋予的纯美，就好比以梅为主体的工笔画，妙趣横生，意蕴深远。那冰肌玉骨的花朵，那含苞欲放的蓓蕾，那苦寒之中的芬芳，均化作满心欢喜，跃然纸上。细细品味，那欣喜，源自生命的感动，寄予着生命无限的热爱；那信念，源自灵魂深处，如点点含香的梅蕾，孕育着无限生机；那满足，来自心灵的富足，浑然天成，抒写着生命最美的篇章。

总觉得梅花的美，是积极向上的人生态度。真正智慧的人生，是不畏严寒的高洁，是身在卑微之处依然能够散发出来的清香，是让平庸凡俗的生活变得多姿多彩的勇气。真正的贵族，是精神的气韵，是在平凡困苦的生活里，还能给自己一个洁净的环境，是在拥挤挣扎的境遇里，还能保持一颗温和高贵的心。

冰雪林中著此身，不同桃李混芳尘。忽然一夜清香发，散作乾坤万里春。人生，当如梅。

桃花醉春风

春暖花开，桃红柳绿，春天，集大自然的万千宠爱于一身，注定是一个妙不可言的季节。就像一个刚出生不久的娃娃，每一天都是新的，每一天都会有不一样的精彩。行走在这个季节里，惊喜无处不在，仿佛一不小心，就能与它撞个满怀。

可不是吗，那些被寒冬压抑的热情，那些苦苦挣扎的艰辛，均在这个时间的节点转化成生命的力量，喷薄而出。莺歌燕舞，繁花似锦，大自然用春天的热情，将静默了一整个冬季的素颜，用诗意的笔墨装点，呈现给我们的是五彩缤纷的绚烂。

继报春的梅花之后，玉兰、海棠、迎春、樱花相继开放，紧随其后的便是艳丽的桃花。

古藤老树，小桥流水，是典型的江南特色，桃花更是其唯美婉约的点睛之笔。那一树树娇艳的红粉，掩映在新绿丛中，盛开在山寺林院，美不胜收。它，亭亭玉立，点缀在江河湖堤，它，含羞带涩，生根在村郊野外，它，楚楚动人，落户在农家小院，那千丝万缕层层叠叠的桃花情节，也因之而起，深深地刻画在了江南人的心里。

桃花，因其娇美的容颜备受踏青赏花人的喜爱，也因其浪漫的情怀深得文人墨客的青睐。一如那首著名的《题都城南庄》，不仅写出了桃花的美与艳，而且还赋予了桃花无限相思的美。想想也是，阳春三月，在和煦春风的抚慰下，在美艳的桃花林中，两个素不相识的人踏春偶遇，人面桃花相得益彰，爱情在彼此的心里滋长，是多么的美好与浪漫。桃花，丰润着三月的爱情。

时常，沉醉在江南的春景里，看江花红胜火，看春水绿如蓝，常常又陷入深深的思考。最喜那些烟雨蒙蒙的日子，漫步湖堤，让携着水气的风拂在脸上，别样的清新。眼前，那着了新绿的柳丝，舒卷飘忽，细嫩的枝叶上挂着点点珠泪，常触动我心，仿佛那烟笼十里的，不是嫩绿的柳丝，而是一帘一帘密密麻麻，欲说还休的心事。

有时候，站在盛开的桃花树下，想想这个季节，是多么的诗意和不俗，心中的爱意在一寸一寸滋长。有时候环顾四周，看着身边越来越多的自然被人为修饰，看着越来越多的土地被高楼大厦覆盖，心中又不免平添惆怅。徘徊在桃花林中，许多的往事呼之欲出，忽然想起了那片曾经让我无限眷恋的山水来。

记得小时候，最喜欢的事就是随父辈们一起去乡下扫墓踏青。阳春三月，莺歌燕舞，小船悠悠地行进在弯弯的河道里，两岸的风景似一幅幅流动的画，那一畦畦碧绿的麦苗，一片片金黄色的油菜花，间或夹杂着成片成片的紫云英，河岸边，碧草青青，一垄垄正在开花结荚的蚕豆上，粉蝶飞舞，这场景总是让童年的自己欣喜万分。扒着船帮，看清澈的河水在桨影中徐徐退去，看河底的水草飘飘忽忽，总会忍不住伸出手去触摸，那清清凉凉的河水哟，霎时漫过小手，漫上心坎，它曾经润泽过许多儿时的梦想，以至于现在回想起来，依然馨香无比。在小船咿咿呀呀的桨声中，划过了儿时，划过了少年，乃至整个青春，而所有美好的也就随之定格在了脑海深处。

记忆深处，一个偏远的小山村不时若隐若现。竹园童，绍县的茶乡，世世代代以种桃种竹种茶为生，日出而作，日落而息，山脚下，是他们世代居住的地方，一泓清澈的山泉自房前屋后流过。低矮的篱笆墙围起一个个农家小院，简陋的泥巴房前，种着瓜果蔬菜，不时，有一两声鸡叫声从院墙的角落里传来，不时又有几棵桃树从低矮的院落里探将出来。篱笆墙外，便是弯弯的山道，溪水沿着山道蜿蜒而下，溪坑的另一边，是一片片开出来的山地，遍植桃花，沿着山坡向上，便是竹林茶园，偶然还能见到农人放牧的老牛。

每每，与同伴追逐在桃树林里，看一树树桃花争艳，看桃花飘飞，落红成阵；每每，坐在山涧旁，呼吸着清新的空气，看殷红的花瓣随溪流而下，欢快地流淌；每每，看采茶的农人，斜挎着背篓，满脸知足地从我的身边走过；每每看见在溪涧边捣衣洗菜的村妇，温和而开心的笑颜，我都会情不自禁沉醉其中，欣喜满怀。

桃花坞里桃花庵，桃花庵里桃花仙；桃花仙人种桃树，又摘桃花换酒钱。酒醒只在花前坐，酒醉还来花下眠；半醉半醒日复日，花开花落年复年。喜欢这首《桃花庵歌》，更喜欢这样轻松自在，诗意洒脱的生活。骨子里，是一个崇尚简单，喜欢自然的人，因此曾经无数次渴望，在最接近自然的地方拥有最平实的生活；曾经无数次幻想，在远离尘世喧嚣的桃林深处，拥一间竹篱，升一缕炊烟；甚至在心里无数次憧憬，如张爱玲文中所描绘，在某个春天的傍晚，在后门口的桃树下，遇见一个人，无须过多的言语，只要轻轻地一句：哦，原来你也在这里。

人间四月，西子有约

最美人间四月天。四月的江南，桃红柳绿，莺歌燕舞。温润的阳光下，泥土的馥郁芬芳，在花草丛中滋生蔓延；和煦的春风，裹挟着紫丁香的味道，吹皱一池碧水，凌乱了小姑娘的发梢；沾衣欲湿的蒙蒙烟雨，穿越千年小巷，漫过青桥石板，晕开朵朵伞花。一切，都那么的充满诗情画意，那么的令人心旷神怡。四月，用最美的情怀书写着人间传奇，四月，用蓬勃的生机点燃着爱与希望。

草长莺飞的日子，适合外出。阳光下踩着春意盎然的脚步，飞扬着美丽的心情，投身人间的四月天。

沿着平海路向西，至湖滨公园，映入眼帘的便是美丽的西子湖。蔚蓝的天空下，湖面碧波荡漾，泛起涟漪，那经过阳光折射洒落在湖面上的点点晶亮，随波涌动，就像是从天上撒落的满湖碎银。遥看远方，群山含黛，层峦叠嶂，那一道道山峰犹如绿色的屏障将西湖轻拥入怀。西子湖，三面环山，一水抱城，湖光山色，相得益彰。

波光粼粼的湖面，偶尔可见几只觅食的水鸟，欢快地飞起又落下，给湖水增添了灵动的美。不远处，三潭印月、湖心亭、阮公墩三个小岛星罗棋布，矗立在湖中央。几条古色古香的画舫载着游客不时闪现在视线里，近了，远了……

凝望这一湖碧水，尽管周遭人潮涌动，却丝毫影响不了我心内的宁静。大自然已将我深深地融入，铅华尽洗，尘世的纷杂悉数退去，在自然与清新之间，我感受到的是人性之初最美的本真。因此，常常感念，这一湖碧水，是如何将人与自然巧妙结合？繁华都市，又是如何将喧嚣与宁静融为一体？红尘之中，又是怎样的造化，让我有幸能与这一方山水邂逅？

都说晴湖不如雨湖，四月的西子湖，正是烟雨美景相得益彰的时候。倘逢烟雨迷蒙，站在湖边远眺，你几乎看不真切层峦起伏的群山，但见雨雾之中的缥缈，而湖中央的三个小岛也早已披上了柔柔的雾纱，远远望去，那迷离的绰影虚幻成水墨画中的雾化之笔。蒙蒙烟雨中，西子，愈加妩媚。那细小的雨点打在湖面，疏密有致地跳动着，就像是雨的精灵在合奏一首钢琴曲。撑着雨伞，静静伫立，听雨点沙沙地落在伞面，落在高大的香樟树上，一首悠扬的钢琴曲便飘入耳际，滑过心扉。迎着细密的雨丝，静静地流连往返于西子湖畔，独享这别样的清宁，仿佛整个世界都是我一个人的。

湖滨转角处，一排垂柳在春风中轻舞，只一眼，那萌萌的绿意便摄取我心。如果说，雨雾中的柳树是飘逸的君子，那么阳光下的柳树则更添儒雅的气质。仿佛站在我面前的，已不再是柳树，而是一位穿着长衫的俊朗男子，正穿越时空而来，那从容不迫的举止，那淡定自若的神色，还有那飘飘衣袂里潜藏着的淡淡的清愁，无一不让我痴迷。驻足、凝眸、渐回首，不知这天上人间的遇见，是否藏匿着前世今生的宿缘？

西子湖畔，海棠依旧，红枫旁逸斜出。花廊上，紫藤花绿色的藤蔓爬满支架，繁而多的花絮悬挂下来，像一串串紫色的风铃迎风摇曳。古老高大的香樟树上，不时有小松鼠在枝丫间俏皮地探出头来，优哉游哉地蹿来蹿去，引得游人纷纷驻足，在啧啧称奇声中，人与自然，融为一体，说不出来的唯美与浪漫。

如果说四月的江南是一幅画，那么四月的白堤无疑是这幅画中最精妙的一笔。"夹岸桃花蘸水开"，那一树树花色各异，娇艳欲滴的桃花，盛开在全长一公里素有"十锦塘"之称的白堤两侧，如临水梳妆的美人，巧笑嫣然。一株桃花一株柳，树树桃花间杨柳，这是白堤四月最美的景致，也是人们心目中最美的景致，这种美无法用笔墨描绘，或许只有身临其境才能有更深刻的体会。

"我说你是人间的四月天；笑声点亮了四面风；轻灵在春的光艳中交舞着变"。不知是桃花的美艳衬托着柳树的俊朗，还是柳树的俊朗反衬出桃花的美艳，站在桃花树下，仰望满树娇艳的花朵，眼见着风的轻灵，春的光艳，在繁花与绿柳深处流转，忽然想起这首诗来。由此想到了那个为爱守候一生，用真情呵护了林徽因一生的人。

"纵使在她去世多年以后，他仍郑重其事地邀请至交好友到北京饭店赴宴，因为：今天是徽因的生日！纵使多年以后，八十岁高龄的他，见到别人手中一张从未见过的林徽因的照片，仍然会像捧着宝贝似的凝视良久，还会像小孩似的求情：给我吧。纵使是林徽因的诗集再版，有人请他作序，他也不愿多说，只说：我所有的话都应当同她自己说，我不能说。我没有机会同她自己说的话，我不愿意说也不愿意有这种话。"

自然界花与叶的遇见是一种美，人世间，人与人的挚爱是一种美。在我眼里，金岳霖就是那一株柳，用一生的绿衬托着人世间最美的花，用至美的情怀，守护着心中至真的爱。看着她如桃花般娇艳，看着她如桃花般凋零，把爱与怜都写在心里，无怨无悔地站成她身后最美的背景。有一种爱无关风月，那心灵之上的相依，让这个才华横溢的男子，彰显高洁。

"你是一树一树的花开，是燕在梁间呢喃。你是爱，是暖，是希望，你是人间的四月天！"背倚一湖秀水，桃花树下，凡俗的我仰望蓝天，禁不住内心向往：弱水三千，只取一瓢，人生，若能有这样一份相知，亦能如此相依，该有多好！

风，吹起了我的发梢，舞动着我的衣袖，在桃与柳的相映中，我品读着人间最美。而心中，那被四月点亮的，便是暖暖的，爱与希望。

旧夏的味道

曾几何时，我脚下的这片热土还未经开发，就像一位不施粉黛的少女，羞涩而腼腆。小城虽小，却玲珑雅致，城里是梧桐树掩映下的小小院落，城外是散落在绿色田野中的村庄。城区里除了几条狭窄的柏油主干道以外，基本上就是青石铺就的小巷了。每到夏季，一条条清澈的河流丰盈起来，从城里延伸至城外，纵横交叉，形成四通八达的水系。

房屋多为砖木结构的二层瓦房，木地板，方隔栅，冬暖夏凉。楼上用板壁隔出若干个卧房，楼下则用木板分出前厅和后灶，站在二楼的木地板上，推开雕花的窗户，就能看到邻居家错落有致的屋顶以及屋顶上鱼鳞般细密的瓦片。年深日久，瓦楞的夹缝中生长着稀疏的小草。每当下雨天，雨滴落在灰黑的瓦楞上，飞溅起亮白的水花，经风一吹，由远及近铺展开来，就像层层推进的浪花，煞是好看。雨越下越大，积水便顺着一垄垄的瓦槽往下倾泻，那恢宏的气势，美不胜收。

少年听雨歌楼上，红烛昏罗帐。江南的夏季多雨，而我是极爱雨的，所以也就自然而然地记住了许多与雨有关的片段。喜欢听雨滴敲打在屋顶上发出旋律一样优美的声响，喜欢看雨丝缠缠绵绵，在天与地间织起一张如梦似幻的雨网。

总觉得雨是诗意的化身，在新与旧的交替里，让人深深铭记，曾经被润泽过的光阴。

"黄梅时节家家雨，青草池塘处处蛙"。如果说这是一首约客的诗，我宁可说，这是一幅田园的画，曾几何时，我们如此诗意地生活过，在悠扬的蛙鸣声中安然入眠。"有约不来过夜半，闲敲棋子落灯花"。如果说，人生有许多无法期许的等待，我宁愿相信，掸落心尘，等待的过程或许更美。

梅雨季节一过，气温便开始节节攀升，已经记不清当时到底有多炎热，只清晰地记得，每天傍晚用井水把楼梯和地板擦洗得干干净净，光着脚板站在楼板上，丝丝清凉；只清晰地记得，那一张竹榻床与几张竹篾席，纹理细腻的竹子表面，已被摩擦得十分光滑，躺在上面凉爽怡人；只清晰地记得，每天晚上，小香炉里氤氲着淡淡的艾草香，手中的那把芭蕉扇在不疾不徐地摇动。

没有空调，没有电扇，小小的蒲扇摇落过多少清纯而美丽的时光。

酷热的季节，日子清苦却有千重滋味。蔬菜是农家用土肥施种，一大早从地里采摘来，鲜活水灵地担到集镇上，绝无污染。家禽在野外觅食，或用米糠和谷物喂养，肉质极其鲜美。清粼粼的河水里，特多活蹦乱跳的鱼虾，去河里淘米洗衣或洗澡，只要愿意，卷起裤腿下到河里，就能摸到螺蛳河蚌，运气好的话，说不定还能抓到鱼虾河蟹。假期里去乡下玩，看邻家哥哥们在稻田里捉泥鳅抓黄鳝，少年的记忆里，平添过多少生活的乐趣。

一碗清蒸的鲫鱼或白条，一碗梅菜扣肉，一碗炒螺蛳，一碗在臭卤水中腌渍过的冬瓜条或葫芦，一碗色泽翠绿、清香鲜酥的霉苋菜梗，一碗水煮毛豆，一碗汤色如琥、能解暑气的笋干菜河虾汤，一碗清炒丝瓜，一碗酱香茄子，豆腐小菜，南瓜丝瓜，被母亲变着花样端上桌，成为夏日餐桌的主打菜，让处在苦夏中的我们，食欲大增。至今想来，依然垂涎七夕中午那只家养童子鸡清蒸的鲜美。

其实，关于吃的记忆远不止在餐桌上，华灯初上之时，偶尔也会去市中心唯一那家冷饮店小坐，在大吊扇呼呼作响的店堂里，与人来人往的客流一样，吃上一碗兑入薄荷汁的冰饮，也会带回一壶冰镇的绿豆汤或酸梅汤，在四合院的葡萄架下，与家人共品。

没有冰箱和冷柜，那个时候想要吃到冰爽的味道除了去冷饮店，更多来源于走街串巷的小贩。每每，听到小巷深处传来小贩叫卖酒酿或棒冰的吆喝声，就像听到吹响的号角，急急忙忙站起来，揣上几分钱的硬币飞奔出墙门，递上搪瓷杯打上一碗，或者站在小贩的自行车边，眼巴巴看着他打开放在书包架上的那只大木箱，掀开里面雪白的棉被，露出码在被子中央整整齐齐的棒冰，冷森森的雾气冒出来，顿觉满面清凉。买上一支，剥开包装纸轻轻一舔，满嘴都是冰甜的滋味，满心都是冰醉的欢喜。

庭院深深深几许，高高的马头墙隔出一座座幽深的庭院，庭院与庭院之间，便纵横着一条条或深或浅的小巷，浓密的树荫下，有弄堂风穿行而过，即使外面的阳光再毒辣，宽畅的墙门口，狭窄的小巷里，如水般清凉的石凳，永远是众人云集的纳凉地。搬一张椅子坐在弄堂口，看书写字，享受清风拂过书页，掀动裙摆的滋味，别提有多惬意了。

太阳下山之前，最主要的任务是把庭院打扫干净，然后去天井里拎来一桶桶井水，泼在门口的石板地上，待水渍干了，暑气也就消去了大半，然后搬出小桌子小凳，在阶沿上搭起小竹床，点上两盘蚊虫药，待母亲摆好饭菜，边吃饭边乘凉。总觉得，这种自然质朴的味道，是任何空调房都无法媲美的。

夜幕降临之后，便是纳凉的好时光，从井水里拉起装在竹篮里浸泡了一整天的大西瓜，切开来后放在盘里，黑籽红瓤，特别诱人。鲜甜的瓜汁随着刀的起落流满木桌，也馋进了我们的心里，捧起一块送到嘴里，满口都是清甜的滋味。抬头，便可见浩瀚的星空，牵牛星，织女星，北斗七星，无数的星星眨巴着眼睛，就像一粒粒钻石镶嵌在黑丝绒般的夜空。

黑丝绒般的夜空，不仅能看到无数闪亮的星星，还能看到一条从东北向西南横跨天宇的银白色的光带，宛如奔腾不息的河流，一泻千里。夜深人静之时，滔滔银河变得更加璀璨，千万颗恒星汇集在一起，明明灭灭的光亮，就像是阳光下被风吹皱的河面，折射出来的粼粼波光。一个个美丽的传说，便在夏日的夜空，如星子般落进我们的心里，熠熠生辉。

晚风阵阵，送来了白兰花清纯的香气，刹那的感觉如遇故人。总觉得白兰花是非常小资的花，它和夜来香凤仙花不同，无论是花色与香气，都有着一种天生的清纯与骄傲，适合生长在深深的庭院。旧夏里，虽然也常用凤仙花的汁液染红指甲，但暑热难消之时，更加青睐于去庭前采上几朵白兰花，穿成对对，挂在蚊帐里或别在衣襟上，走到哪里，都有暗香浮动。

经历有多美，记忆就有多深。旧夏的味道，是经年不散的味道，有薄荷草的清香，有花露水的芬芳，有露天电影的欢畅，有萤火虫微弱的光亮，那妙不可言的情趣，是时光带不走的温良。

读大学前，小城虽在春风中淡扫娥眉，但终究还是布衣裙钗，自然质朴，而白墙黑瓦的四合院也依旧是我眼中如初的模样，直至一纸征迁令，开启了小城前卫时尚的新篇章，许多的过往，也随之渐行渐远。可是即便如此，留在心里的念，许多年以后，依然清晰如昨。

最是江南一莲荷

白墙黑瓦，小桥流水，江南给人的，似乎永远是细腻的柔婉，就像一首朦胧诗，写意着极度的苍绿与浪漫，让每一个与之有染的人，都心驰神往。然而，正如生活是沾满烟火的寻常，并不是所有的日子都浸润在诗意里，水润的江南，也有不尽如人意之处，比如每年必经历的夏。

烈日当空，骄阳似火，仿佛一眨眼工夫，清风已老在夏至的路口。

六月的江南，一改往日的温婉，仿佛开启了太上老君的炼丹炉。艳阳高照，蝉儿嘶鸣，一波又一波的热浪接踵而至，水润的江南，终究挡不住热浪翻滚，满腔柔情倒伏在炎夏望而生畏的三伏里。

或许早就习惯了和风细雨的陪伴，所以才会对一些与之背离的变故心存懊恼。就像此刻，即使躲在舒适的空调房中，依然惊怵于窗外毒辣的太阳，看马路两旁一排排枝繁叶茂的香樟树被烈日炙烤得失去了往日的风度，宁静的内心终究也有了焦躁的痕迹，这令人窒息的苦夏呀。

然而江南毕竟是江南，尽管挡不住紫外线强劲的势头，但江河湖岸，总会有水润的气息漫溢开来，驻足凝眸，也总有美丽的景致秀色可餐。在江河，在湖泊，豁然盛开出朵朵娇艳。

"接天莲叶无穷碧,映日荷花别样红"。印象里,再没有哪种花,有如此磅礴的气势,为苦夏送来满目清凉,再没有哪种花,有如此高尚的情操,一身正气,两袖清风,纵然心是苦的,也要包裹起一身清白。出淤泥而不染,迎骄阳而不惧,以正气凛然抵御邪恶的入侵,诗意的江南,终因这一朵莲灿的晕染,而拥有了与众不同的超凡脱俗。

"清水出芙蓉,天然去雕饰"。自古以来,荷以其"中通外直,不蔓不枝,出淤泥而不染,濯清涟而不妖"的高尚品格为文人墨客所颂扬,以其色彩艳丽、风姿绰约的自然美态,为水墨、工笔画家临摹的首选。旧时的大户人家,更喜欢将其翩然的风姿悬挂在画堂上,雕饰在窗棂里,镌刻在栏杆处,乃至遍及到生活器皿、茶具砚台上,以彰显自己的高风亮节。

心是净土,亦是红尘。荷,是有佛性的。

佛祖的供桌上,瓶插着它的娇羞,寺院的桌帷上,刺绣着它的婀娜,庙前的荷塘里,盛开着它的娇羞,佛祖的莲花宝座,更奠定了它至高无上的圣美。拈花一笑,以心传心,寒山寺的钟声,敲打出荷的韵律,和合二仙的手中,盛开着幸福美满的并蒂莲。碧叶翠盖,风华绝代,荷,寓意深深,美得庄严。

从淤泥深处包裹起清白,到出水时不沾一丝污秽,再到秋风四起,叶落凋残,冰冷的湖面上,那一枝枝一蓬蓬以枯萎的姿势倒伏,又以桀骜的姿势站立,荷的一生,是让人感念生命厚重的一生。那衰败之后依然不屈的傲然风姿，那凋零之后依然饱满的气宇轩昂，着实叹为观止。荷的一生，无与伦比。

我常常，流连在夏日的荷塘边，迷恋于荷由内而外所散发出来的独特香气，常常被荷的至美所打动，也常常问自己，到底是因为荷塘能承载我太多的思绪，才乐不思蜀地迷恋这方宁静的世界，还是因为这一方宁静，能带给我更多心的安慰，才会痴缠上这一塘醉心的清凉。

或许，是这个世界太过嘈杂，拥挤到找不到心的出口，或许，是内心深处太过完美，追逐的脚步达不到理想的彼岸。那年那月，换不来今世今生，一些愿望，注定要在奔波忙碌之后，成为无人能懂的心事，无法企及的明天，而唯有这一亩方塘，能容我放下疲惫，任我放逐思想，许我静静相依。

荷，苑在水中央，在清凉的琉璃世界，擎一枝炽烈的红焰。或许，岸上的人永远也走不进荷的世界，无法读懂荷的心语，也就无法懂得这片片相连的温情脉脉，无法懂得这荷色生香的遥遥相望。

站在清香四溢的荷塘边，遥望那一朵朵亭亭玉立于眼前，无忧也无惧的荷，我不能假装什么也没发生，感慨之余，我实在也想象不出，还有什么花能与之媲美了。那么，何不就让我效仿易安，在日薄西山之时为心插上翅膀，纵情在这一池碧荷间，兴尽晚回舟，误入藕花深处，沉醉不知归路呢。

黄昏的荷塘，寂静无声，只有微风在田田荷叶间穿行，漫卷起层层凝碧的波纹，荷的嫣红在叶的青绿里泅渡，影影绰绰，若隐若现。但总归不是月儿高挂的夜半时分，因此也就无法欣赏到月光如流水一样静静地泻在每一片叶子和花上的流畅，也无法感知薄薄的青雾浮起在荷塘里，叶子和花仿佛在牛乳中洗过一样的美妙，立在岸上，只觉被热热的空气包围，但又分明有缕缕清香从空气的缝隙里钻出来，让每一个毛孔都犹如被水洗过了一样。

心，终是因了荷塘的碧叶连连，而充满欢喜，荷塘，也终究因了心的频频眷顾，而生出了许多令人神往的飘然瞬间。情不知所起，一往而深，我想，我是爱荷的，否则又何来这思绪万千。我想，荷也必定是懂我的，否则又何来这花开娉婷。

总相信岁月是有记忆的，会记录下这一路走来的情深意长。行走在黄昏的水岸，看荷花娇美的面容，时常会想起徐志摩的诗：最是那一低头的温柔，像一朵水莲花不胜凉风的娇羞。是啊，这世间最美丽的情怀，莫不是那一低头的温柔吧，最真情的告白，也一定深藏在低眉敛首的瞬间。纯净的内心藏着满心欢喜，清澈的眸子里，一定有欲语还休的难言羞涩，有无法启齿的甜蜜忧愁。

如何让我遇见你，在我最美的时刻。冥冥之中，总有一种呼唤是来自心底的渴盼，时光的折痕里，也总有一种爱注定成为心的供养，如一泓清澈的泉水，在心上，静静流淌。

是的，红尘陌上，谁不是为了奔赴一场约定而来，或为续前缘，或为伴今生，有的甚至，仅仅是为了偿还旧债。相聚离别，此起彼伏，演绎着芸芸众生纷繁的情事。如果说花有花的语言，那么荷也有荷的心事，想必这水中的荷也不例外，为了圆心中的一个梦想，于寂寥的黄昏，站在你必经的路口，只为你温存的眼底，有落满款款深情的凝望，只为你转身回首的刹那，有记取前生的一笑。

荷，是佛前的一枝青莲，更是人间的一枝独秀。它开在云端，是为红尘纷扰净心的一颗菩提，它落入凡尘，是为寂静相守点亮的一盏心灯。此生若能为荷，缱绻在这宁静的世界里，头枕一缕清风，情伴一湖碧水，静静地开，默默地落，洁净，无争，该有多好。

纯净的心，是生不出污浊的。荷，不仅具有极高的观赏价值，而且浑身是宝，药食同源。新鲜的莲藕，是日常佐餐的美味，细滑的藕粉，是滋补养颜的佳品，碧绿的荷叶，是消脂减肥的首选，微苦的莲心，是祛除心火的良药。

暑热难当之时，若得一碗清香四溢的荷叶粥，在绿白相间的粥面上，撒上切得极细的荷叶丝，点缀上几瓣红白相间的荷花瓣，再剥上几只青翠欲滴，水灵鲜嫩的莲蓬，与良人，在花前，在月下，共赏花事，共闻花香，我想，那一定不只是视觉与味觉的交错，而是饱尝生活真滋味的享受了。

风动桂花香

就像迎风撒下的万千思绪,刻进心里的点点朱砂,有一种花看见了,能让人想起一座城,有一种花闻过了,便一辈子难以再忘怀。仲秋时节,桂花盛放,这个时节的杭城,满城尽飘桂花香,那浩浩荡荡的香啊,仿佛一夜之间浸满整座城。人行其中,就像走进了芬芳的世界,一不留神,便能盈花香满袖,举手投足,更是让衣襟带香。

秋月如诗,秋景入画。在众多的花卉里面,最让我沉醉的,唯有桂花。

八月的桂花,弥漫着相思的味道,曼妙着动人的身姿,那若即若离的香气,飘逸着,芬芳着,无处不在又无迹可寻,尤其是在清亮的月色底下,缕缕暗香变得格外动人,那清芬的气息,如精灵般扑面而来,扑入心,扑入怀,在润泽心扉的同时,会让人感到额外的惊喜。

如果把秋天写成一本书,我想这本书的扉页,应该属于细腻柔婉的桂花,不光如此,书的封面和封底也要属于桂花,有古意悠然,有水墨晕染,就像丰子恺的漫画,一轮皓月当空,一角屋檐飞翘,溶溶的月色底下,一个小和尚提着衣兜捡桂子。远山近树,小桥流水,牵得住远去的脚步,载的动重逢的喜悦。

桂花的香，清纯可人，如山涧流淌的一泓泉，清澈透明，不染杂质。这跌进怀抱的惊喜，如人生初见之时的欢喜，种在心田，干净纯粹。是的，初，唯有这个字眼儿才配得上桂花的清芬，唯有内心的干净，才是永伴佳人的基调。

风动，桂花香。清风轻轻一点，桂香顷刻满城。

桂花的香是极撩人心魂的，它开在王维的深山里，是空灵深幽的意境，它开在王建的遥望中，是刻骨铭心的乡愁，它开在人间，是涤荡心灵的甘洌，它开在天上，是引人入胜的相思。月上柳梢头，人约黄昏后，疏影横斜，暗香浮动，它开在心里，便是一生的牵念。

总觉得这世间，凡是能给人留下深刻印象的东西，必历经苦痛挣扎，有许多的深邃，不只是表面繁华，而是骨子里的升华。就像凌寒的梅花，无畏风霜，铁骨铮铮，才能在最冷的枝头笑迎春风，就像浓情的桂花，隐忍负重，饱受煎熬，才能在金风送爽之日，香飘云天外。

桂花的花语是吸入你的气息，永伴佳人。很多时候，我们在清凉的风中游荡，贪婪地呼吸着桂花的香气，却很少有人会去探究，究竟是因为什么，才能够让八月的桂花拥有如此清芬的气息，让每一个与之相拥过的人，闻过便难以再忘怀。

一个偶然的机会，在桂花树下，读张爱玲的《桂花蒸阿小悲秋》，在一个蒸字里读到了人生的不易，读懂了花开的艰难，也就明白了桂花之所以香浓的魅力所在。

那种像在厨里吹的箫调的沉闷，那种又热又熟又清又湿的滋味，那种仿佛走进桑拿房中被熏蒸得透不过气来的感觉，让许多明媚了一个夏季的花朵悄然退去，就算最洁净的莲，也终因承受不住闷热的熏蒸而花容失色，而桂花却在这样难耐的日子里含苞孕蕾。

孕蕾时蒸得越透彻，花开时才会越香浓，桂花，是被蒸出来的。

在水里浴过，在火里烤过，历经艰辛，如凤凰涅槃，桂花，终于等到了清风徐来，等到了属于自己的花开。此时的桂花，在清凉的风中，尽展笑颜。那一树一树的金黄银白，是桂花积蓄已久的生命迸发，那一粒一粒的桂雨飘零，是桂花轻声诉说的心语心愿，那一缕一缕的清纯香息，是桂花留给人间难忘的印记。

人一生的轨迹亦如桂花吧，起起落落，颠簸浮沉，个中滋味恐怕只有自己明了，而那些被风雨浇淋的酸楚，那些在泥泞中跋涉的艰辛，那些欲冲破藩篱的抗争，就像一部命运交响曲，随人生而跌宕起伏，无一处不留下挣扎的痕迹，无一处不在日后回忆时升腾出袅袅清香，一如清秋的风中飘逸的桂花。

对于有缘的人来说，遇见是一切美好的开端，惊鸿一瞥，心里种下欢喜的种子，只待春风徐来，抽枝萌芽。爱情初绽，捧一颗初心，一切都那么恰如其分，那么的妥帖自然，其独特芬芳的气息，如桂之逼仄，丝丝入心，相信在多年以后，在某个不经意的瞬间，被一阵风撩拨起的思念，还如初见一般醉人心怀。

在最美的年华里遇见最美的缘，在最干净的底色里写最永恒的誓言，在最合适的风里听闻最香的花卉，是多么幸运的事。沈从文说："在青山绿水之间，我想牵着你的手，走过这桥，桥上是绿叶红花，桥下是流水人家，桥的那一头是青丝，这头是白发。"

曾经，因为合适的时间和温度，爱情之花被蒸了出来，如张爱玲对胡兰成，那从心底里生出来的欢喜，那在尘埃里开出来的花，那愿使岁月静好，现世安稳的殷切期望，无不书写着遇见的美好，爱情的天真。然而并不是所有的遇见都能拨动相思的弦，并不是所有的爱情都能花开并蒂，成就人间佳话。随着时间的推移，生命中略带苦涩的一面，也被蒸了出来，蓦然回首，那曾经深爱的彼此，早已告别在昨天，哪怕心中的爱和思念还在燃烧，那也只是属于自己的思念，隔着时间与空间，隔着无法逾越的距离。

爱，有无法厮守的痛，就像桂雨凋零，终于走完了一生，而寂冷的香，却留在了人间。

江南清梦，蔷薇花开

古巷丁香，小桥流水，一把油纸伞，一位美少女，这便是江南的画卷。

翻过千年，不知是文人墨客诗意的笔墨渐浓了江南的唯美，还是悠久的历史风骨重彩了江南的厚实。江南如一枝莲，娉婷、袅娜，江南是一幅画，诗意、浪漫，江南，缱绻成心中的刺青，婉约着永不褪色的记忆。

提及江南，总会想到青砖黛瓦，深井落花，那古色古香的美，美到令人心颤。然而身在江南，竟无缘与它牵手，仿佛那古韵的美与我相隔着千山万水，相隔着一道几世的篱藩。

每每，穿行在车水马龙的现实中，浪迹在钢筋水泥的生冷里，那华丽包装下牵强的笑脸，那浮华虚世中莫名的争斗，令我极度反感，心生厌倦。有时候，一个人望着忙碌繁杂的世界呆呆地出神，似乎眼前的一切，并不是发生在真实的江南。

我如此向往，那种没有纷争的生活，安静如江南的古镇，往来于尘世久矣，却不曾沾染半点世故与浮俗，就那样恬静地存在于时光深处，幽幽然而盈满情趣。

我想，我是属于古镇的，属于那些老旧的时光，属于那些清宁与自然，古朴与典雅，属于那些清澈的河水般纯真的年代。江南历史沉淀的沧桑，粉墙黛瓦的神韵，枕河而居的静谧，迎风招展的酒幌，迎着缕缕炊烟袅袅升起，在心底缠绕。

无数次想要，远离城市的喧嚣，捡一段闲暇时光，去水乡古镇，去品味那独一无二的静谧，去安抚内心的缺失，去圆心中的清梦。

设想着，最好是在某个月亮升起的夜晚，在枕河人家的水阁上，泡一杯茉莉香茶，在氤氲缭绕的水气中，推开那扇木制雕花的窗棂，让银白色的月光倾泻进来，铺满临窗的桌子，浸染翻开的书页，挥洒到倚窗而立的我身上，而眼前流淌的，则是月色下泛着星光平静而恬淡的河水。

又或者，在一个细雨霏霏的清晨，撑一把雨伞，独自行走在青石铺就的悠长小巷，听一听雨水滴落在青石板上发出的清韵，让自己散漫行走的足音，回荡在时光的长廊里。

抑或，在一个慵懒的午后，坐在水阁边小小的院落里，任午后的阳光温和地照在身上，释一本书，捧一盏茶，盛满一杯浅浅的心思，对着身边那一架开得正艳的蔷薇浅浅地笑。

我是极喜蔷薇的，那开满庭院的蔷薇，绿色的枝蔓从墙上垂挂下来，密密匝匝，不见始端。看玲珑的花朵，<u>丛丛簇簇</u>，婀娜在绿色枝蔓间，媚而不俗，极具张力，那般质朴而温暖人心，就像是江南水乡，迷人，而芬芳。

每次看到蔷薇，心里总会涌动起一份别样的情怀。透过花与叶的缝隙，我常常看到曾经的自己，看到那个曾经洋溢着青春笑脸的少女，着一袭淡淡的裙装，一枚用蕾丝和缎带制成的粉色蔷薇，别在衣领口，优雅地从江南深处走来。

其实蔷薇不只水乡有，在我居住的城市也不鲜见。

小时候，在一些民居小小的院落里，常见此花，花开正浓的时候，花架上蝶舞幽馨，煞是好看。民居是典型的江南院落，木结构的楼房，白墙黑瓦，也有落满青苔的石板，也有清凉甘洌的井水。只是随着城市发展，一些我们曾经熟悉和依恋的东西都不复存在，连同小四合院以及江南的记忆，与我们渐行渐远。

江南，水乡；钢筋，水泥；古朴，现代；幽静，喧嚣。

原来，身不由己的，不只是人生。

童年的记忆

每个童年都是一首快乐的歌谣，无论是过去，现在，还是将来。也许，童年时期的物质条件不一样，精神环境也有所区别，但，挡不住在记忆的长河里不时泛起的鳞鳞波光，点点滴滴都是童趣。

曾记否，那个时候的城镇还不是钢筋水泥包裹下的冷漠面孔，乡村也还是篱笆墙围起来的风情万种。农家小院，篱落疏疏，槿树条上那一朵朵淡紫或粉红的碗花，随风翩跹，开成我们眼睛里最楚楚动人的模样。

曾记否，那个时候的天空像一湖湛蓝的水，间或有白云悠悠，随风飘荡，幻化出各种不同的形状，让我们无限遐想。苦楝树在屋后的水塘边，撑开青绿高大的伞，细密的楝花，披满树冠，如丁香般淡紫，如彩蝶般玲珑，空气中到处都是花的清香，裹挟着泥土特有的芬芳。

曾记否，清晨的小河边，水汽在阳光下蒸腾，曲曲弯弯的河道里，飘浮着乳白色透明的雾，那淡淡薄薄的雾，似云般轻灵，如纱般飘逸，让我们总感觉像是走进了童话世界里。嫩绿的草尖上，落满了晶亮的珠子，在阳光折射下，溢彩流光，让我们情不自禁，萌生出许多的欢喜与冲动，全然不顾被露水打湿了鞋，打湿了发。

曾记否，春天的田野上，油菜花开了，苜蓿花开了，蚕豆花也开了，我们像出笼的小鸟，在田野里欢呼雀跃，嬉笑打闹。那一畦畦碧绿的蔬菜，那一条条清澈的水渠，那一窝窝筑巢的燕子，那一只只蓝天上自由飞翔的风筝，如一张张珍贵的照片，定格在童真的记忆里。

曾记否，酷热的夏夜，从冰凉的井水里捞出透凉的西瓜，小小的院墙里，几家人围坐在天井中，蒲扇轻摇，谈天说地。抬头仰望，便可见宽阔的银河，星星不知疲倦地眨着眼睛，院墙的角落里，夜来香不动声色地在吐露芬芳，远处，有流萤飞过。月色迷离，有诱人的故事从长辈的唇边跌落，牛郎织女，小英雄雨来……听着听着，我们在厚实的臂膀里进入了甜美的梦乡。

曾记否，爱美的我们，将凤仙花瓣捣成汁，涂在小小的指甲上，看邻家男孩，手握着弹弓，从窗前飘过，几枚小小的弹子，扑棱棱惊起一树慌张的雀儿。

曾记否，秋风四起，落叶飘零，我们结伴去路边捡树叶，那一枚枚叶子被穿在长长的线上，越码越多，拖在身后沙沙作响，回头，看一看自己的战利品，扭身，再瞅一瞅同伴的成果，心里，免不了藏一股劲，总想要以此来一比高低。冬天，白雪皑皑，我们在雪地里撒欢，堆雪人、打雪仗、搭雪桥，层出不穷，偶尔，会偷偷捏一个雪团，趁小伙伴不注意，悄悄塞进他的衣领里。童年的乐趣在朗朗的笑声里无限延伸。

曾记否，生活相对贫乏的年代，我们却有着极为丰富的精神世界和从不缺少的儿时玩伴，兄弟姐妹，叔伯乡邻，一声轻唤，便邀约同行，从来也不知道什么叫孤独。碧波荡漾的小河里，有我们钓鱼捉蟹摸螺蛳的身影，苗绿花黄的沟渠边，有我们抓泥鳅、摸田螺、挖野菜的乐趣。小鱼小虾，自然美味，在母亲精心的烹制下，成为了一道道浓缩着亲情与童趣的舌尖上的美味，至今难忘。

曾记否，没有电视电脑的时代，没有高科技产品，没有擎天柱，没有滑板溜溜球，偶尔的一场露天电影对我们来说都不亚于过年过节一般，总是等不到日落西山，总是急匆匆扒拉下饭，总是迫不及待一路小跑着赶到大操场上，将背来的凳子椅子摆好，猴急猴急地等天黑下来，猴急猴急地等父母到来，猴急猴急地等电影开场，这个时候，小商小贩们一声不合时宜的吆喝，总能把焦躁从我们的肚子里给扯出来。

曾记否，酱油泡饭的美味；曾记否，被柴火烟熏出的泪花；曾记否，冷饮店里一毛钱一碗的冰镇绿豆汤；曾记否，蔷薇花架前偷摘花朵的惊慌；曾记否，一起丢沙包、一起跳皮筋、一起过家家、一起躲迷藏、一起老鹰捉小鸡、一起转陀螺、一起看邻家小哥把赢来的弹珠揣入兜里，那一张扬扬得意的脸。曾记否，偶尔做了错事，担心被父母责罚，心里头满满的惶恐与忐忑……

"记忆中的小时光，阵阵青草香，是谁把它留下来，留在老地方。往事被风轻轻吹荡，人群已散场，是谁让我留下来，依然陪在他身旁"。是啊，青草香，老地方，人的一生总有许许多多令人难以忘怀的东西，而童真和童趣更是曾经岁月的灼灼其华，闪耀在生命的长河里，让我们情不自禁，频频回望。

回忆如风，吹在心的原野，回忆似网，织起乐趣无穷。让我们怀揣着纯真与美好，去细细打捞尘封在岁月深处的温柔；让我们携起不泯的童心，去追寻流金岁月撒落在人生之河的点点星辉；让我们删繁就简，拥最美笑容，去慢慢品味根植在生命深处的，童趣盎然。

舌舞人生，味美靖江

茶道，在中国流行千年，以江南为盛，而身处长江边的靖江人也偏爱此道，只不过没有那么讲究。酒足饭余，沏上一壶好茶，海侃天南地北，纵谈世事古今，祛襟涤滞，致清导和，逍遥不下神仙。

靖江本身不产茶，靖江人爱上喝茶，应该跟食谱有相当的关系。靖江本地菜，多属淮扬菜系，油腻偏甜，食后容易口干舌燥，如若再喝上个二两白酒，更似火上浇油。于是，香茗便成了最好的清火工具。

撮几粒茶叶投入一杯沸水中，恰似久旱逢甘霖，小小的颗粒激烈地上下舞动，翻滚着，氤氲着。渐渐地，茶叶舒展了身姿，还原成叶片状，慢慢沉淀在杯底，而杯中之水早已染成渐浓的茶色，香气扑鼻。宋徽宗赵佶写道："至若茶之为物，擅瓯闽之秀气，钟山川之灵禀……中澹闲洁，韵高致静……"小小的茶叶，沾染了天地的灵气，浓缩在杯中，人茶合一，凝神定气，令人顿悟了什么叫人生。

人生如茶，美食如斯，却远比茶道的内涵丰润，幽深。辗转时光里的滋味除了苦涩，还有酸，甜，辣，咸，舞动着的舌尖遍尝人生五味。

儿时的靖江，生活条件极为艰苦，能混上饱肚已算不差，茶简直就是奢侈品,见所未见。每天从早到晚的稀饭,清影照人,将就着自家腌制的萝卜干或莴苣心,挨不到下顿吃饭的时间,早已饥肠辘辘。肉类是很难指望的,秋收过后才有的番薯便成了果腹的填充物。或简单地在河里洗去泥土生食,或偷偷地埋于灶内的余烬里燃烤,等冒出浓郁的薯香,瞅准大人们一不留神的间隙,刨了去躲在草垛里,有滋有味地享用。每月凭票定量供应的食用油不过几两,鸡蛋,自家是舍不得吃的,被积攒起来,用于招待客人。客人们也总是很讲究礼节,一碗三个的清水蛋,往往留下一个,这让一旁流着口水的孩子们兴奋不已。即便如此,每当村庄的炊烟袅袅升起,清瘦而异常敏锐的舌尖总不由自主地搅动起来。

那时家家户户的生活水准都差不多,逢年过节,大事喜事,摆上几桌,不过三碗五盆,不会超过八个菜。一条红烧鲢鱼,一碗红烧大肉,即是主打,辅以几个时令素炒,用很少量的菜籽油焙制,换作现在,应该很难入口,而在当时,却是无以复加的上等菜了,每每风卷残云,筵散人去,盘碗皆空空如也。

不过,也有例外的幸事。靖江的长江三鲜(鲥鱼,刀鱼,河豚)中的鲥鱼,现在已经绝迹了,我唯一品尝到鲥鱼的滋味,也正是在那个时候。一位从新港来的远方亲戚串门,带来一尾从未见过的怪鱼。灰色,口大,头扁,长椭圆形,鳞片大而薄,上有细纹。蒸制时不去鳞,不加油,只滴入若干黄酒,铺上姜片。出锅时,芳香四溢,而鲥鱼周围全是鳞片下溢出的油。鱼肉鲜嫩细致,入口即化,美味无比,难怪号称长江三鲜之首。如今,此番韵味只能在苏轼的诗中寻觅了:"芽姜紫醋炙鲥鱼,雪碗擎来二尺余。南有桃花春气在,此中风味胜莼鲈。"

吃不好，自己找，倒也成全了鱼米之乡童年的趣事。夏日时分，连接长江纵横靖江的水系四通八达，河水丰盈。约好相近的小伙伴们，三五成群，到江边芦苇丛里挖螃蟹，捞河虾。然后就近挖出个小坑，底下铺上几张大大的荷叶，再捡些干枯的柴枝放进去，生火烤将起来，老远就能闻到江鲜诱人的香味。

春去秋来，这段苦涩而美好的童年时光终被尘封进记忆的深处。高中时代，正是改革开放的初期。大米干饭渐成主食，鱼肉也偶现餐桌。我因为寄宿在季市中学，有幸品尝了季市小吃的风味。印象最深的当属季市烧饼，脆饼，酥而脆，锅贴，面而软，皆用面粉制作，所不同的是制作方法，脆饼由烘箱烘制，而锅贴是贴在烘炉内壁烤熟，口感则完全不同。至今，脆饼与锅贴的味道缠绕在我舌尖，久久不散。

20世纪90年代，靖江经济往前跨越了一大步，靖江人的生活水平也提高很多，仿佛压抑太久只会加倍反弹，靖江人的舌尖第一次有了生动而放纵的机会，"靖江人很会吃"这个外地人对于靖江生活的评价也就从那时开始传播出去。

一个普通人家的正餐家常菜，一荤一素一汤已是惯例，并且懂得轮着变花样。正常的家宴，菜的品种多达二十余种，以高蛋白的鸡鸭鱼肉为主，腻味了的粗粮则被冷落一旁。烹制手法主要为冷切，红烧，清蒸，涌现出一大批具有靖江本地特色的菜肴。如蟹黄粉皮、蟹黄狮子头、羊肉粉丝汤、水晶蹄膀、香芋烧肉、清蒸刀鱼、萝卜炖鲫鱼、季市老汁鸡等。我最为喜欢香芋烧肉，荤素结合，油而不腻，既有营养，又清爽可口，夏日里几乎每顿必吃。人们从饥饿的年代走出来，开始创造美食文化。

当人工饲养螃蟹、河豚等水产技术获得突破并推广时，靖江除了原有的已经享誉四方的猪肉脯外，又新增了围绕螃蟹与河豚制作的品牌美食，最著名的就是陈世荣蟹黄汤包与河豚烧青菜，这两道菜成了靖江美食的招牌，每年吸引大批的食客前来一品究竟。

"轻轻提，慢慢移，先喝汤，再吃皮"和"拼死吃河豚"这两句耳熟能详的口诀揭示了这两道美食的真正内涵。蟹黄汤包制作十分讲究，面皮极为绵薄，馅为新鲜蟹黄和蟹肉，汤为原味鸡汤，掺杂猪皮熬制的凝胶，冷冻后再入屉蒸。食用时须谨慎小心，先要轻轻地在面皮上喝开一个小口，然后慢慢吸干里面的汤汁，最后和着姜丝陈醋吃下面皮。不熟悉的人往往急于求成，要么毛里毛糙，把汤汁洒得到处都是，要么被滚烫的汤汁灼伤嘴唇，尴尬不已。吃汤包，在我看来，与其说食用美味，倒不如说享受美食的过程。缓吸慢品，温文尔雅，恰似舌尖品味人生况味，正是蟹黄汤包的精髓所在。而河豚，我始终没有胆量品尝过，虽然据说人工养殖的河豚毒素大为降低，但是每年都有意外发生的事实，令我每次遇到只能忍痛割爱。最让我困惑不解的是，河豚到底存在怎样的魅力，竟让很多人为了舌尖一时的快感而以性命相搏。

近些年，随着城市化的兴起，靖江涌来不少外地的投资者和务工人员，也带来更多的外地风味的饮食，湘菜，川菜，肯德基，必胜客等。这些与靖江本帮菜风格迥异的外来菜系，不但满足了特殊人群的消费，而且丰富了靖江人的口味，让靖江人的舌尖舞动得更加精彩。

耐人寻味的是，从食物极度匮乏的过去，到美食五彩缤纷的今天，舌尖的舞动像跳了一圈华尔兹，似乎又回到了原点，过去赖以果腹的粗粮，味道清淡的时蔬，如今卷土重来，成为餐桌上的稀罕物什，而过去难以祈望的大鱼大肉，则被冷落许多。其间的原因，我想，可能过去因为没有选择而被迫为之，现在，则也许在于靖江人随着生活水平的提高，更为注重营养搭配，更为关心身体健康，更为贴近生态自然吧。

民以食为天，舞动的舌尖，不光品味了人生五味，见证了美食的变迁，更是见证了靖江人发展的历史。

乡愁

乡愁，在我心里，是一句诗意的语言，一枚横跨海峡的邮票，一个适合在夜深人静之时遥想与把玩的名词，就算沾着些许轻愁，也只是气氛的渲染，为赋新词而强说。

让我在内心里真实感受到乡愁这个词的含意，是在离年关渐近的那些日子：主城区昔日车水马龙的街道在民工潮涌去之后显得日渐宽畅，新闻里关于春运的报道一浪高过一浪，电视画面上，十多万"摩托车大军"正不辞辛劳奔波在艰难的回乡路上……

如候鸟迁徙，归乡的脚步匆匆。哪怕地冻天寒，哪怕路途遥迢，哪怕一票难求，哪怕行程艰难，那一张张含笑的脸庞，那一道道期盼的眼神，无不昭示着归心似箭。家和家乡，如一面猎猎的旗帜，在游子的心中迎风招展。

最具温情的力量，不是花前的誓言，不是月下的牵手，也不是耳鬓的厮磨，而是迷离夜色中家里的一盏橘黄色的灯。当灯光划破冰冷的夜空，为远航的迷船照亮归家的方向，那是一种怎样动人的力量？

在这个寒冷的冬天，在雪花飞舞的街口，触景生情之时，忽然想起了王维浓郁着乡情的《杂诗》："君自故乡来，应知故乡事。来日绮窗前，寒梅着花未？"环顾四周，猛然发现，街角边，那一片绿色的坡地上，一树树蜡梅正以风雪不能淹没之势，迎风怒放。驻足花前，轻轻一嗅，便闻到了藏匿在风中的幽幽冷香，那么地惹人醉。

疏影横斜，暗香浮动，与梅初遇的瞬间，别样的惊喜便落满心间，那映入我眼帘的，仿佛已不再是一朵朵凌寒傲雪的梅，而是一封封寄自远方，浓缩着乡音乡愁的信。思绪随之而翩翩，在诗的意境里，在不绝如缕的袅袅清香中，一抹乡情，犹如被水泡开的茶，徐徐舒展。

冷冷风中，我无法臆想诗人心中对家乡对亲人的思忆之情，但从这首意简情浓的《杂诗》里，我还是读到了他心中的期盼与想念。人生天地间，有很多时候是身不由己，然而即便走得再遥远，终究也走不出心的牵系。就像此刻的诗人，身在异乡，举目无亲，唯记忆里那一缕幽香可寄相思，街头偶遇，把酒问询，唯寒窗前那一缕幽香能解千愁。

家，是温暖的港湾，乡愁更是一支清远的笛，总在无人的夜里响起。此刻，夜深人静，在一杯新酒的催化下，虽然乡愁在我的心里依然只是一个抽象的名词，虽然秃笔仍然难写乡愁，虽然日新月异的现代化都市淡漠了许多曾经，然而在古诗词的兰芳中，在我久违的内心世界里，似乎升腾起一种类似于乡愁的思绪，我在努力寻找，那一种属于自己的乡愁——远离喧嚣与浮躁，曾经真实拥有过的美好。

我的家乡，位于钱塘江南岸，是唐代著名大诗人贺知章的故里，也是越王勾践卧薪尝胆屯兵抗吴之重地；有与西湖并称姐妹湖的国家4A级风景旅游度假区湘湖，有享誉海内外、天下壮观无的八月十八潮；有跨湖桥遗址博物馆，有著名的南宋官窑瓷；有味美的莼菜，有清香的龙井；有精美的花边，有华丽的丝绸。

我所居住的小镇，是旧时萧山县委县政府所在地，也是现今区委区政府的所在地，与杭州主城区一江之隔，之所以说旧时，是因为我更愿意把记忆停留在旧时。旧时的记忆，是一块老旧的棉布，经过时光的揉搓洗涤，晒满了阳光的味道，一经忆起，备感温馨。

记忆的闸门一经开启，许多的往事便在脑海里立体而丰满起来。那么且容我将思绪拉回到从前，回到那条法桐葱茏的老街，去追忆那段似水流年吧。

20世纪70年代中后期，小镇和所有未经开发的江南水乡一样，保留着最为原始的地域风貌，古朴典雅，清新自然，虽无法与现在这个经过不断改造扩建的现代化都市相媲美，然而小家碧玉似的温文尔雅，却是儿时记忆里最美的画卷，是无法再重现的美丽。

旧时的小镇，没有高大的建筑，木质结构的二层楼房，多为祖辈相传的明清建筑，高高的马头墙，黛青色的小瓦片，方隔栅，大天井，雕花木窗，石板小巷，一进进一第第，尽显大户人家的气派。当然，也有低矮的土坯房错落其中，小腰门，泥巴墙，阴暗而潮湿，年少的我们，时有路过，是断然不会去联想什么叫破败与颓废，而是怀着喜悦的心情驻足在房前屋后的篱笆墙前，看槿树条上那一朵朵淡紫色的打碗碗花俏皮的模样，看彩蝶在花间飞舞，伸手摘下一些不知名的小花，或插在发间，或绕成指环。

玲珑小镇，除了经典的白墙黑瓦，飞檐翘角，更是河道密布，港汊纵横，桥，是最不可或缺的亮点，因此而形成的桥文化，传承着萧山八千年的文明史。如今，沧海桑田，世事变迁，许多的古迹已不复存在，然而漫步在充满现代化气息的萧山市中心，瞥一眼绿柳掩映下水光潋滟的城河，走一走横跨在城河上的古石桥，依然能感知厚重的历史沧桑感扑面而来。

城河又称西兴运河、萧绍运河、官河，是浙东运河自钱塘江南岸的古镇西兴出发，由西而东流经萧山老城区向绍兴延伸的一段。作为古时的官河，城河承载过许多历史上名声显赫的文人志士，肩负过促进萧山繁华的使命，据史料记载，当年乾隆皇帝祭禹陵，数十里巨舟御驾过城河，场面最为壮观。写下了世界物质文化遗产京杭大运河段辉煌的历史。

城河上最美的风景，当数古石桥，现完好无损的单孔石拱桥还有七座，自东向西分别为回澜桥、东旸桥、惠济桥、仓桥、梦笔桥、市心桥、永兴桥，其中年代最久远的桥是梦笔桥，距今已有一千五百余年，最晚的回澜桥也有两百余年历史。

旧时城河两岸，街桥相连，清一色的木质结构楼房临水而筑，建筑风格与现今所有保存完整的古镇风格相一致，河埠廊坊，过街骑楼，屋屋相连，鳞次栉比，一条狭窄的青石板巷串起江南水乡悠悠古韵。临河人家，常年在河中取水，洗物，一字排开的铺面，多为酒肆，茶楼，以及日用品、杂货店，是旧时萧山县城最繁华的地段，逢年过节之时，购置年货的人从四面八方蜂拥而至，更是热闹非凡。

南朝齐建元二年（480年），江淹子昭玄舍宅建造的江寺坐落在城河下街，寺旁横跨城河的古桥，就是声名远播的梦笔桥，桥借"江淹梦笔"之意，千百年来，与许多文人墨客结下了不解之缘。如今，江寺这座千年古刹作为萧山的历史文化传承，几经扩建，已建成融江南古典园林为特色的寺观园林——江寺公园，成为闹市中一道亮丽的风景，为市民喜闻乐道的好去处。

青山绿水相环抱，使小镇盈满了水润的气息。记忆深处，南门江边上的那条护城河，更是将城镇和乡村划出了清晰的界限，河的这边是玲珑的小镇，河的那边是秀丽的乡村。

犹记得小时候的自己，最喜欢随母亲去乡下走亲戚，就像当年的鲁迅盼望去外婆家做客一样，那里有儿时的玩伴，有横生的野趣，走在乡间的小路上，心就像被放飞了一样，喜悦有加。

春夏秋冬各有各的景致，而春天的景致最令人沉醉：嫩绿的小草沾满露珠，金黄色的油菜花连成一片，碧绿的麦苗随风起伏，紫云英像铺开的地毯，河岸边，豌豆花、蚕豆花如蝶儿纷飞，清澈见底的河水里，成群结队的小蝌蚪在水草丛中游来游去……

穿行在金黄的油菜花田里，我常常忘乎所以，以至于多年以后还在心里留下一道解不开的谜，令成年后彻悟的自己每次回想都忍俊不禁：

为什么小时候的油菜花长得和自己一般高，可以任我们扑入花丛躲迷藏，长大后的油菜花却矮的只有齐腰高，再也藏不下完整的自己？

去乡下踏青，除了步行，还有一件妙不可言的事，那就是坐船出行。在我的记忆里，东门直街上的陈公桥头应该是城里和城外的分水岭，不管是从城镇到乡村，还是从乡村到城镇，过往船只都在此停泊或起航。小时候的自己，常随母亲来这里坐乌篷船，用最亲近自然山水的方式，拥有过最美丽如斯的往昔。

至今还记得摇船阿婆慈祥的笑容，和那一声温柔的招呼：小囡乖，坐稳了。至今还记得洁净的船舱里那一张铺开的草席，要脱了鞋子才能坐在上面。至今还记得木桨"哗啦、哗啦"划破水面的欢快，雨滴打在竹篷上淅淅沥沥的音律。至今还记得船行走在水面上悠悠的晃荡，两岸的风景在大人们有一句没一句的闲聊声中徐徐退去……

长大后，就读的中学在城河边，虽然离家并不远，却还是让我拥有了与之相伴的每一天。晴晴雨雨，日升月落，青石板巷是每日必经之途，以至于多年以后，我依然迷恋高跟鞋击打着青石板路面所发出的清脆声响，依然迷恋着古韵悠然。作为地道的萧山城区人，和所有怀旧的人一样，对这条老街终因旧城改造而消失深表惋惜，虽然，城河还在，古桥还在，虽然心灵的底片上，还保存着永不磨灭的印记。

老底子，旧时光，老墙门，旧街巷，家门口的煤炉上那一只炖着美味冒着热气的大铁锅；邻居家厨房的案板上不时传来的切菜斩肉声；街坊邻里之间亲昵的招呼声；红烧肉、腌笃鲜、时鲜果子，谁家做了好吃的都不忘给邻家送去一点尝鲜的情分,终因一幢幢高楼的拔地而起,而成为了遥远的回忆。

时代变迁,岁月轮转,这乡愁一样的思绪啊,就像梧桐树撒开的枝丫,茂密而葱茏。

"稻花香里说丰年,听取蛙声一片"。这田园诗一般的美丽景象,何日能重回?

月色下的光与影

光与影，有着和谐的旋律，如同梵阿玲上奏着的名曲。

——朱自清

总喜欢在秋月满照的院子内独步，月色朗朗，月光溶溶，凉凉的秋风拂去面上的尘土，远离白天的喧嚣，享受暮色带来的片刻宁静。

院子不大，消受月色却是够了。想来这方寸之间的月辉，也应和荷塘月色无异，虽看不到荷塘里田田的叶，却也有金桂婆娑的枝。淡淡的桂香，撩人心脾。月光从楼群间的缝隙处穿透过来，打到院子里，洒在桂树上。沐浴清辉的桂枝随风摇曳，地面便落满斑驳的光与影。

荷塘月色的光与影，有着和谐的旋律，如同梵阿玲上奏着的名曲。朱自清的这段文字，我一直百思不得其解，但已烂熟于心，每次走入浸满月华的夜色，眼前飞舞着交织的光影，耳边油然回旋起一曲优美动人的旋律，心底便不由自主流淌出朱自清的月色名篇。至于曲目的名字，抑或曲目的来由，则茫然不知。但我大抵知道，生活在那个阴暗的年代，朱自清是多么希望荷塘月色能朗照如影的社会，借荷塘的一隅，淡淡的月光，也让灰暗的心灵透进一丝闪亮。

我曾多次见过追逐光影的播客，用快门定格光影交织的瞬间，也曾碰到写生的画家，用入神的油墨凝固溢光流彩的风景。一幅曼妙的油画，一张精美的相片，固然令人感动几许。只是，静态的图像稍显单调，无法反映动态的光影变迁。

光影的变幻，于脉脉月水里便能体会出来。如今的夜幕，得益于华灯齐放，霓虹闪烁，黑幕的背景已然浅淡许多，月亮虽仍是满照，月色却已不再浓郁。小时候的农村，既无电，更无灯，月光倾泻在大地，在如漆的夜幕映衬下，如银似练，洁亮无比。那时，众多家庭搬了凳子，不用关门上锁，围坐在打谷场上，话不尽的里短家常。现在，我只能在方寸的小院，独享这淡淡的月色。透过远处亮闪的五彩霓虹，我似乎可以看到聚光灯下的杯光斛影，纸醉金迷……

月光静静地挥洒在小小的庭院，院外不远处闪亮着昏黄的路灯，迷茫的灯光周遭飞舞着些不知名的蛾，扑棱棱地冲向光环，旋即消失在暮色中。院外有了些许动静，透过门棂看过去，是个收集垃圾破烂的人，在小区的垃圾堆放处里捣鼓什么，佝偻的身躯抖落一地长长的斜影。

我常常为生命中的光与影所感动，作茧自缚，蛹化成蝶之前的那段黑暗，需要承受怎样的煎熬，怎样的磨炼。我又时常为破茧的飞蛾而惋惜，活跃在聚光灯下，却被光芒迷闪了眼，丢失了自己的影，甚至忘了蛹化的阵痛，最终湮灭在迷离的光晕里。

光，自然是美好的，生命都有趋光性，有了光，就能更好地成长，有了光环，意味着有地位，有权力，风光无限。影，往往意味着阴暗，赢弱，和底层。据说，只看到光的人，是幸福的，关注影的人，必定是孤独的。如同看不到光的阿炳，在二泉映月的旋律里，孤独地老去。

而今夜，我在我小小的庭院内，静静地沐浴在融融的月色下，我分明看到地上长长的影……

紫薇，紫薇

一花一世界，一叶一菩提。如果说酷热之中有什么花最具个性与魅力，我想无外乎两种，一种是出淤泥而不染，濯清涟而不妖的荷花，一种是独占芳菲当夏景，不将颜色托春风的紫薇。一个是水中的君子，一个是地上的佳丽，同样是花开倾城，同样是雅俗共赏。

烈日之下，荷花的高洁自不必说，而紫薇的倔强亦非比寻常。

紫薇，属千屈菜科落叶小乔木，树形优美，花色繁多，枝条纤细而修长。水红、深红、玫红、大红、深紫、浅紫、粉色和白色，构成了紫薇庞大的花色系，也让紫薇美得无与伦比，其中最夺人眼球的，是蓝紫色花瓣的翠薇，那一树树蓝色的紫，就像普罗旺斯庄园里浪漫的薰衣草，沾满了爱的气息，在夏日的枝头轻舞飞扬。

紫薇不光花色繁多，而且花型肥硕，几乎每一条枝干的顶端都生长着一个由数十或上百朵细碎的小花组成的圆锥花序，花瓣的形状就像一个个出身名门的佳丽，身着华贵的晚礼服步入礼堂，长长的裙摆拖在地上，随脚步的行走自然卷曲。簇簇花朵的旁边，缀满无数青绿的花苞，小巧玲珑地配饰在花朵的周围，更加衬托出花的娇艳。

"桃李无言又何在，向风偏笑艳阳人"。在植物界，紫薇算得上一枝独秀，它美，是由内而外迸发出来的。

紫薇有许多与众不同之处，比如花开百日，比如叶叶对生，比如树皮年年生年年自行脱落。脱皮后的枝干光滑洁净，用手轻抚，整株树都会怕痒似的枝颤叶动，因此紫薇又叫痒痒树。这让我想起年少时养过的一盆含羞草，也是这般光景，手一碰触，羽状叶片就会自动闭合，如处子般，娇羞。

夏秋之季，当无数的花卉耐不住高温的炙烤，开不出繁花形不成气候之时，一树一树的紫薇却无所畏惧地迎向风中，蓬勃灿烂在艳阳底下，填补着季节少花的空白。它的可贵就在于，在跋扈的世界里拥有一颗无畏的心，用一树繁花演绎生命的精彩。

紫薇浑身是宝，它的花、叶、皮、木都可入药，种子能驱杀害虫，更难能可贵的是，它能净化空气，有极强的吸滞粉尘能力，能吸收有毒气体，因此被作为城市绿化的理想树种之一，遍植在马路边，小径旁，给我们带来视觉享受的同时，也带来洁净如许。

紫薇喜暖湿气候，立秋过后，不同色泽的紫薇更是一发而不可收，好像约定好了似的，在一夜之间聚满枝头。白的，红的，紫的，一捧捧花朵交相辉映，在蓝天白云的映照下，红的似霞，白的胜雪，紫的浪漫，蔚为壮观。人行其中，若不是阳光炽烈，真的会让人误以为是走在春暖花开的季节里。

紫薇以花期长著称。你方唱罢我登场，无数细密的小花，仿佛都有默契似的，抱团而立，蓬勃向上，悄悄地落，静静地开，成就着紫薇绵长的花期。"谁道花无红百日，紫薇长放半年花"，这中间，繁花的枝头绝对不会呈现出任何破落与衰败的迹象。紫薇给人的，不只是花开的灿烂，更蕴藏着一种深奥的道理，关乎思想的高度和灵魂的纯净。

是的，紫薇不是寻常物。相传，它是紫微星在制服了名叫年的凶兽之后为守护一方百姓而留在人间的化身，因此紫薇花开被寓意为福星高照，故而深受人们喜爱。到了唐代，紫薇的地位更卓著，不光居植物界"十八学士"之首，更被当作官花，广泛栽种于皇宫、官邸。"职在内庭官阙下，厅前皆种紫薇花"，便是紫薇鼎盛时期最真实的写照。

穿紫袍，授紫带，向来都是满腹经纶的士大夫们所追崇的，而时来运转，紫气东来，也是小老百姓内心的祈求，因此也就不难理解紫薇在人心目中的分量。玄宗开元元年，改中书省曰紫微省，改中书令曰紫微令，时任中书舍人的白居易在此期间，也有诗为证："丝纶阁下文书静，钟鼓楼中刻漏长。独坐黄昏谁是伴，紫薇花对紫微郎。"

今人赏花，或者更多方面只注重于花的本身，而不会萌生出太多关乎仕途和其他方面的假想了，甚至对与之相关的传说和典故，通常也只报之以浅淡的一笑，更不会去考究眼前的紫薇，除了花开惊艳，还有什么能触动内心。然而我想说，我爱紫薇，更爱她的纯真与无瑕，情深，是紫薇的另一个注解。

这个世界上，有许多美丽的爱情，是长在伊甸园中艳红的苹果，散发着诱人的香息，有许多的阴差阳错，也早已是命中注定。茫茫人海中，有多少人排着队，拿着爱的号码牌，向左向右向前看，却不知道爱要拐几个弯才会来，也不知道等待的人，还在多远的未来。

对于有缘的人来说，爱情是水到渠成的事，而对于无缘的人来说，爱情注定要错失在今朝。就像安徒生童话故事里的人鱼公主，为了心中至美的爱情，不惜向女巫交出美丽的声音，不惜喝下难咽的毒药，不惜剪开鱼尾，忍受每一步都像行走在刀尖上的痛楚，不惜把自己化成泡沫……然而爱情，依然只是她一个人的独舞。

无从知晓，花事湮灭之后的伤痛，是怎样的伤痛，却不得不承认，爱情是一个定数，爱与不爱从来不由人说了算。只是，当痴情被矜持所误，当错失已摆在面前，要怎样才能给心碎一个圆满的结局。

当我俯首捡拾起一枚落在草丛上绢一样质感的紫薇花瓣，放在手心里轻轻摩挲，遂想起传说中和人鱼公主一样寂寞的紫薇，不由得感慨万千，紫薇，紫薇……

紫薇的花语是沉迷的爱，那种爱一个人爱到了痴迷，却又羞于启齿的深藏，那种深藏到最后却发现，爱情只是一个人的痴迷的深深遗憾，那种剪不断理还乱，隔山隔水依然执着的爱与哀愁，那种转身之后的落寞与忧伤，贯穿着紫薇长长的一生。

深情何须对人言，可以转身，可以离去，可以把自己站成一棵开花的树，在炽烈的阳光下，将万千相思化作繁花朵朵，矜持地开，优雅地落，哪怕零落成尘，哪怕撕成碎片，也要用今生的坚守去期许来世的拥有。

聚不是开始，散也不是结束，对于坚守爱情的人来说，抛开世俗，爱，可以以更纯粹的方式存在，就像海是蓝给自己看一样，花，也一样可以慎重地开给自己。

生如夏花之绚烂，死如秋叶之静美。不知道为什么，每次路过城南，看到西山脚下那一树树沿着铁道线蓬勃盛开的紫薇花，我总会不由自主地想起席慕蓉写的《一棵开花的树》，尽管诗的背景与紫薇无关，而我却始终觉得它就是为紫薇量身定做的。

"如何让你遇见我，在我最美丽的时刻，为这，我已在佛前求了五百年，求它让我们结一段尘缘，佛于是把我化作一棵树，长在你必经的路口"。浅秋的风中，我的耳畔不止一次回响起这首深情的诗。风，紧一阵慢一阵地吹，紫薇沉甸甸的花枝，便在风中轻一记浅一记地晃荡。

这旁生逸出的枝条，多像是握在孩童手中的拨浪鼓，连着长长的回忆线，轻盈地回旋，"拨隆咚、拨隆咚"，仿佛听得到鼓槌击打鼓面的声音，敲醒着前世今生。西山，铁道，城南，旧事，许多的念，便在浅秋的风中漫延开来，于风中回荡，落在紫薇的花瓣间。

思也悄悄，落也悄悄。

一蓑烟雨润平生

不知何故，今年秋天的雨水特别多，尤其是临近深秋，一场接一场的雨绵延而至，如剪不断的丝线，无止无休，又如女子稠密的心事，重重叠叠。蒙蒙烟雨，织起江南之秋久违了的一帘幽梦，桐叶纷飞，如蝴蝶翩翩起舞，坠落一地，引满目凄惶。

都说雨，是诗意的化身，想来，这个秋天果真与诗有染。

行走在雨中，不禁让人想起戴望舒笔下那个撑着油纸伞，独自彷徨在寂寥雨巷的丁香姑娘；让人想起早春二月，烟雨迷蒙的河岸边，淘米洗衣的农家女子；让人想起暮色四起的河道上，悠然而过的乌篷船；让人想起江南烟雨的洒脱、豪放、寂冷、绵密，以及许许多多与雨有关的片断。

雨丝缠绕，最容易滋生情愫，若不是打在身上的雨滴或迎面吹来的风带着明显的寒意，会让人忘了季节，怀疑是否置身在初夏时节的梅雨季。

江南的梅雨季，也是这绵绵不断的雨丝，也是这水润潮湿的空气，也是这令人感怀的场面。"试问闲愁都几许？一川烟草，满城风絮，梅子黄时雨"。正如诗中所言，雨丝轻坠的日子，闲愁轻抛，最是相思难解，尤其对于多愁善感的人来说，内心最柔软的地方，就像一块吸足了水的海绵，湿漉漉的，稍一碰触就能拧出水来。

于潇潇雨夜独自漫步，望着橘黄色灯光映照下，那条弯弯曲曲的石板小路；望着雨水落在地面上折射出来的湿湿的光亮；望着路两旁，那一棵棵繁花落尽的桂花树；望着细密的雨珠顺着叶尖慢慢滑落，心忽然像是被什么击中似的，有那么一瞬间的感觉，仿似故人来，忽然那么地怀念起那年仲秋，那一树一树开放在雨中，清香四溢的桂花来。

已经记不清雨中的故事如何开篇，只记得那年秋天，那个桂子飘香的夜晚，穿过学校长长的走廊去夜自习，彼时，花开正浓，雨，在廊外潇潇地下，风中，不时飘过来浓一阵淡一阵桂的芬芳，特别惹人醉。走进教室，一眼看到讲台上端然安放着的，写着自己名字的淡蓝色信笺，飘逸俊秀的字迹，印张精美的邮票上那一枚清晰的邮戳，仿佛一眼就能被人看穿的秘密，有那么一瞬间心跳加速，内心漫过丝丝掩不住的蜜甜与慌乱，我知道，那是爱情初始的味道，馥郁着桂的芬芳。

只是后来的后来，爱情终究败给了时间，只留下那么深深的一叹，终究是情深缘浅，终究是过客匆匆，终究逃不过命运的安排。

一帘帘的雨，如一幕幕陈旧的电影，回放着不再完整的片断，当雨雾重叠，心便有了泪湿的痕迹，归结成一个词：侬本多情。或许这世界本就多情，才储存下这么多咸湿的东西，招之即来，或许这世界本也无情，才会有那么多难言的怅惘，挥之不去。

忽然想起了那枚成熟在雨季的青果，多么青翠的外表，多么诱人的香气，咬一口，却涩涩的酸。总觉得这枚青涩的果子，在某种程度上隐喻着人生的某个阶段，因为无从选择，更愿意背向阳光，因为没有结局，更愿意将心事深藏。

且将愁绪枕书眠，一直以为隐忍便是情深，待走过长长的雨季，站朗朗晴空下，被阳光温暖地照过之后才明白，再浪漫的情深，也少了阳光的抚慰，再诗意的遇见，也需要温情的呵护，若只是一味地盼与等待，那么少了光照的果子，一定如那枚雨中的果子，咬一口，涩涩的酸。

回望人生，总有一些时候难免会置身在雨季，会留下几多怅惘，尝到酸涩的滋味，然而说来也怪，待尘埃落定，推开岁月虚掩的门，却会心存感激，总觉得一些过往，值得记取，就像雨滴落在青青叶面上所泛出的光亮，莹莹闪亮。

雨的印记落在心间，最适合怀念，尤其对于念旧的人来说，深藏，就算曾经被一场雨淋得透湿，多年以后，还是会不由自主想起，某年某月的某一天，和某一个人一起携手的情景。也还是会不由自主地想起，某年某月的某一天，和某一个人一起躲过雨的屋檐，会不由自主地四下里张望，去找寻那一段永不会再现的曾经，那一个永不会再现的你。

闲来无事，听一曲"尘缘若梦"，总感觉字字句句都是心语，很多时候，当倾情爱过之后，当繁花落尽之时，除了一身除了回头时平添一份物是人非的苍凉以外，又留下了什么？

"锦瑟年华谁与度？月桥花院，锁窗朱户，只有春知处"。或许每一个人的心里，都有着不为人知的秘密，会在某一个忧伤来袭的日子，迎风来访，被撕裂出道道鲜红的口子，落满心雨。而那些被雨浇淋的日子，便有了泪眼问花花不语的伤感，便有了可望而不可即的深深遗憾。

不知谁说过，生命是一场孤独的漫旅，很多时候是一个人在走。回望来时路，确也如此，大千世界里，有多少人能风雨同舟，熙熙攘攘中，又有多少人能相伴一生？那些在生命中来了又走的人，那些随时光的足迹悄然隐去的背影，谁不是一叶浮萍，有缘则聚，无缘则散。除了在心底留下些许模糊的记忆，谁又是谁生命中彼此的牵挂，彼此的珍藏？

庸人自扰之时，也会手足无措，不知道如何去排遣心中的无望，而对美好事物的向往，和对温暖情感的眷恋，又分明如雨后青青的藤蔓，在心中缠绕。

自古多情空余恨。渐也懂得，人世间，不是所有的相遇都能在生命中留下美好的印象，也不是所有的相遇都能在生命中结出殷实的果子。当内心被莫名的失落占据，闲闲的愁绪便挤满心间，寂冷的世界也就有了咸涩的滋味。在一个又一个捂不住忧伤的日子，要借这一场一场的雨来宣泄。

梅子上市的时节，也会从农人手中买来新鲜采摘的果子，清洗沥干之后，放进玻璃瓶内，撒上薄薄的一层冰糖，再倒入满满的清酒封存，待几个月后打开盖子，青梅的酸涩已完全融入清酒的芳醇中，取而代之的是酸甜清爽的味道，浓郁着独特的果香，诱人处，品与不品，都微醺。

也常常望着瓶中的青梅发呆，隔着时空的距离，祈愿心中那枚酸涩的果子，在岁月的打磨下，几经发酵，已然酝酿成一盏醉人的美酒，抑或被泡制成一粒美味的果子。祈愿人生，再不会有无言的哀伤，再不会有心雨轻愁。

天青色等烟雨，而我在等你。待烟雨过后，是否就是我期待已久的朗朗晴空？

那么，可否在烟雨迷蒙的日子，许我以从容，就算雨季漫漫，也能感受到阳光的恩泽，有温情相伴，有诗意盈怀，且将闲愁轻抛去，且以烟雨润平生。

第二辑 红尘醉暖\相遇红尘，邂逅爱

人这一生，有无数次机缘，让我们遇见，让我们离散，但是总有一些什么，是我们不舍离去，甘心情愿用无限深情去相守的。相知如镜，相伴永远，这一路走来，真正能够让我们心有所属并相依相随的东西其实并不多，很多时候，我们能够相拥的，唯有心中那一窗明月，梦中那一片桃园，还有漫漫孤旅中，那没有早一步，也没有晚一步的遇见。

相遇红尘，邂逅爱

生命是一场浩大的遇见，从呱呱坠地的那天起，我们就一直行走在彼此相遇的路上。亲情、爱情、友情，遍布在我们生命的每一个角落，无一不与爱有染。它们如花初绽，如影随形，或翩若惊鸿，或恒久绵长，穿插在光阴的缝隙，充实着我们前行的章节。那心海里泛起的点点光亮，都记载着爱的模样。

爱，一个古老而又神圣，温馨而又脉脉的字眼儿，一个只可意会不可言传，干净而又纯粹的符号，深深融入我们的生命，成为生命里光彩夺目的诗篇。它就像一个魔法师挥动着手杖，可以让人哭着微笑，也可以让人笑着流泪；它，用最简单直白的方式陪伴着我们，走过流年寂寂，走过沟沟坎坎。是爱，让我们有勇气直面人生，是爱，让我们燃起生命之炬，有力气蹚过岁月的荒芜。

人生如河，微波荡漾，那在阳光下被风吹起的层层涟漪，是爱无声的告白，那跳跃在柔波间的点点星光，是心与心的交融，如金子般熠熠生辉。平淡无奇的生活，终因这爱的点缀与层叠而变得繁华且富有内涵。

生命的山山水水，因真情而丰盈；时光的步履匆匆，因真意而笃定。爱与被爱，是不可分割的主体，根植在我们的生命深处，与真诚和善良相佐，与责任和道义呼应，在润泽我们年华的同时，也总会让我们陷入深深的思考，爱，究竟是何物？情，如何去延续？

记忆的梗上，谁没有两三朵娉婷，生命的历程，谁没有与爱邂逅的过往。且不论所谓的驻足与擦肩，也不论所谓的是非与对错，就爱的本质而言，它终究是美丽的，虽然，有些爱会随岁月的变迁而褪色，有些爱会因信念的丧失而陌路。然而，它终究陪伴着我们走过一段寂寞的旅途，抚慰过我们曾经孤独的灵魂。

人生没有彩排，却存在太多的不确定。行走在时光的流里，我们都只是一粒尘埃，无法主宰命运，也没有冲破藩篱的能力，我们有的，只是逆来顺受的适应，有的，只是来也匆匆去也匆匆的嗟叹，任聚散别离成为无法逃避的剧目。

许多时候我们会轻许诺言，许多时候我们会轻信诺言，然而，不是所有的真情，都经得起时光的打磨，不是所有的相遇，都会演绎成爱的传奇，不是所有的刻骨铭心，都能够划下圆满的句号，也不是所有的执子之手，都可以并肩在与子偕老的路上。

一驻足一辈子，一转身隔天涯。爱，既坚强也脆弱，既甜蜜也痛苦，幸与不幸，也一定有着截然不同的释义。然而不管爱是什么滋味，我更愿意相信，爱是心灵与心灵的碰撞，是责任与道义的较量，是相知与相惜的产物，是你若安好，便是晴天的祈愿，是因为爱着你的爱，所以痛着你的痛的感同身受，是我愿意为你，被放逐天际的那份真。

爱是生命永恒的主题，它真切而又美好，虚无而又缥缈，在有形与无形之间，让人有不同的回味。总觉得爱，应该是有温度的，对于真心相爱的人来说，那自指间流入心底的温暖，足以抵御所有的寒凉，而对于心无所依的人来说，无处可依的孤单与凄惶，绝非凉薄二字能解。爱，坚如磐石，脆若琉璃，就算握得再紧，一松手便可见累累伤痕。

真心诚意能有几许？命运垂青又有几人？不是所有的爱意，都能开花结果，也不是所有的付出，都会有真情的回报。爱，在某种程度上是奢侈品，就像天上的虹。

一生一世爱能几回？寂静的夜空，有歌声在低回浅唱，随风飘荡。伫足聆听，不禁感慨万千。想起了那个不惜为爱而低到了尘埃的女子，燃尽光华，倾其所有，只为遇见那个在千万年之中，于时间无涯的荒野里，没有早一步，也没有晚一步，于千万人之中，最想要遇见的人，只为许岁月静好，现世安稳。

我们无从知晓，这样的遇见对一个孤傲女子来说，是怎样的欣喜与欣慰，但从她低到尘埃的姿态里，我们读到了心甘情愿，从开在尘埃的花朵里，我们读到了爱在怒放。或许这样的遇见，归根结底是一场人生的劫难，但对于爱玲来说，或许这样的劫难，是她愿意承受之重。要不然她不会在胡兰成一次又一次背离感情之时，说出："我想过，我倘使不得不离开你，亦不致寻短见，亦不能够再爱别人，我将只是萎谢了。"这样幽怨的话，也不可能说出："因为懂得，所以慈悲。"这样宽宥的话。爱恨情仇，又有什么能比放下更深沉？

爱，需要多少的隐忍，才能圆自己一个不醒的梦。痛彻心扉之后，需要多大的毅力，才能够让它不萎谢？相信每一个转身离去的背影，都有着最明确的答案。那些心酸而无助的过往，那些无法抹去的哀伤，已深入骨髓，只待时光来抚平。情到深处人孤独，爱，有无力自拔的痛。

也许，爱情只是一次花期，有的花只开一次，轰轰烈烈，有的花，可以应季。想起了那个从最美的江南走来，走过人间四月，一身诗意的如莲女子。康桥之恋，有徐志摩殷切期盼的眼神；牵手红尘，有梁思成与子偕老的约定；痴心无悔，有金岳霖终身不娶的守候。爱情对她来说绝不是奢侈品，然而，她却用理智做了众人心中最洁净的莲，纤尘不染。

说到林徽因，更让我想到一个人，一个才华横溢用情至深的人。他痴心无悔，用一生守护着心中挚爱，托起了美在云端的女子。一直觉得，爱情中最难得的并不是那个洁身自好的人，而是为了对方的圣洁而发乎情，止乎礼，懂得用真情相守一生的人。爱，是护全。是免她惊免她苦，免她颠沛流离，免她无枝可依。金岳霖用如海深情诠释了爱的真义，用心底无私写下了爱的传奇。情到深处无怨尤，爱，有永久守护的真。

死生契阔，与子相悦，执子之手，与子偕老。相信每一个相濡以沫的故事，都有最动人心弦的一笔，每一份情真意切的守望，都有最值得坚守的理由。相遇红尘，邂逅爱，即便不是再续前缘，书一场爱的盛宴，也定然是暖了记忆，醉了流年。

等待

千重念想，万般等待，人的一生，终难逃一等。

等待冰消雪融，等待春暖花开；等待梦想成真，等待瓜熟蒂落；等待窗口开启，等待绿灯通行；等待羽化成蝶，等待涅槃重生；等待鸿雁传书，等待人约黄昏。

等待着，等待着，朝如青丝暮如雪；等待着，等待着，千帆过尽皆不是。有多少人可以等待，有多少事值得等待，有多少等待风轻云淡，有多少等待难以承载，有多少期待如约而至，有多少等待转眼成空。

不是所有的晴天都适合行走，不是所有的风雨都可以躲避，不是所有的山峦都能够僭越，不是所有的航行都会一往无前，不是所有的人都能等到最后。

等待，是一场无奈而美丽的约定。正如，戴望舒在雨巷里等待那个丁香一样的女孩，是一种诗意的美丽；正如，雷峰塔下的白娘子苦苦等待着点亮她生命的男子，是一种传奇的美丽；正如，陆游在沈园等待伉俪情深的唐婉，是一种古典之美。

等待，需要莫大的勇气，需要冷静的头脑，需要张弛有道。等待，是在黄昏时分，把自己义无反顾地抛进无边的黑暗之中，然后在心中燃起明亮的火把，指引着方向，守候着光明的到来。

等待的背后，其实是心中最热切的盼望与最美好的愿景跟现实明晃晃的刀刃之间最激烈的交锋。

理想很丰满，现实很骨感。当一浪高过一浪的愿望被坚如磐石的现实无情拍碎，你唯一睿智可做的，只能是等待。在等待中蛰伏，在等待中重整山河，在等待中积聚力量，在等待中伺机而动。

等待，是一件多么要命的事。在痛苦中煎熬着，在残酷中虚伪着，在苍凉的路上与时光对盏，与孤独较量着，与清寂比试着耐力，除非落荒而逃，否则别无选择。

人生的一半是定数，一半是奇遇。不管是缘还是劫，命中注定的，一切挣扎皆是苍白，漂泊不定的，一切都有可能。顺从必然，在偶然中驻足祈祷，然后奋力前行。

有些等待，举重若轻，就像太公钓鱼那般气定神闲，好比卧薪尝胆那样锲而不舍，这是稀有的大智慧，大格局，答案早已明了，无非交与时间揭晓。做到这个境界，绝非等闲之辈。

有些等待，则是一生的豪赌。就像种子总要发芽，它在漫天雪舞中等待十里春风；就像鲜花总要绽放，它在花蕾中等待绚烂；就像蝴蝶总要破茧，它在蛹里等待新生；就像苍鹰总要飞翔，它在山顶等待搏击长空。

有些等待，明明知道遥遥无期，明明知道没有结果，却依然等在原地，无怨无悔，从不肯放弃，只为不错过今生的重逢。

金岳霖把林徽因装在了心里一辈子，也等待了一辈子，终生未娶的他爱了林徽因一生。即使在林徽因死后，有一年，金先生在北京饭店请了一次客，老朋友收到通知，都纳闷：老金为什么请客？到了之后，金先生才宣布："今天是徽因的生日。"

有时候，等待并不需要结果，但等待，却可以使心中的那盏火把始终明亮着。

执笔流年，共守文字缘

已经很难说清楚，是从何时起与文字结下的缘。抑或是童年时，母亲讲的一个个童话故事；抑或是年少时，父亲借来的一本本连环画册；抑或是闲暇时，端坐在收音机前，收听的一部部广播剧；抑或是假期里，津津有味地听说书人海侃的长篇评书；抑或是长大后，醉心捧读的一本本小说。总觉得文字的世界，异彩纷呈。

记得小时候的自己，就像一尾小小鱼，呼吸着特别清新的空气，在文字的世界里快乐地游来游去。那些图文并茂的画册，那些细致入微的描述，那些精彩绝伦的片断，那些浅显易懂的对白，那些引人入胜的章节，那些美不胜收的场景，无一不激发起自己浓厚的学习兴趣，成为文字最初的启蒙，引导自己一步步走上文字路。

随着年龄渐长，认识的字越来越多，知识面越来越广，读书的兴趣也就越来越高涨。从民间故事到安徒生童话，从唐诗宋词到纳兰仓央，从经典名著到经典散文，从张爱玲的冷艳到琼瑶的缠绵，从席慕蓉的诗词到沈从文的边城……从晨曦微露到日落黄昏，从懵懂少年到风华正茂，是文字，陪伴着自己，走过了一季又一季，是文字，点亮了心中那盏不灭的灯。

不说书中自有黄金屋,但清寂的日子分明因为有了书的陪伴而变得美好。不说腹有诗书气自华,但清浅的时光分明因为有了文字的润泽而变得诗意满怀。寂寥的光阴,在笔墨的清香里开出了朵朵娇艳,文字予人的喜与悲,也早已走入生命里。

常常在想,是不是生命中所有被自己喜爱的东西,都会被打上一些特殊的标记,在某个特定的环节,让自己痛并快乐。一如我所喜欢的文字,在予我快乐的同时,总会将一丝忧伤涂抹在我的心间;一如人生中的某些遇见,在予我欢乐的同时,总会将一些滋味让我品尝?

细思慢品,不禁莞尔。想必这世上所有美好的东西,在给予你欢乐的同时总是会要你承受些什么,就像我们在享受甜蜜的同时,总会要承受痛苦一样,爱越深,情越真,爱到深处无怨尤。原来爱,早已深种。

忽然就想到了这么一句:人生有味是清欢。一直不知道清欢究竟为何物,所以无法用确切的语言将其定位,更不会附庸风雅去做刻意的探究和迎合。但是我知道,清欢应该是内心世界一种小小的清喜与满足,那份清喜与满足里,一定有笔墨的清香,一定有心音流淌,一定有满腔的柔情,一定有孤芳自赏,一定有欲罢不能的情深,一定有欲语还休的苦涩。清欢,一定是一种有着特殊气质的东西,如一叶薄荷,长在感性人的心里,散发着悠悠异香。

是啊,爱上文字,怎能不染上忧伤。文人固有的多愁善感,让这淡淡伤感的疼痛,萦绕在生命里,演绎着悲喜交加。它让我哭着,笑着,感慨着,它让我在别人的故事里找寻自己。它让我举杯消愁,它让我甘心沉沦。它，覆在我的生命里，如一方上好的织锦，冰肌水润，让我在感受着丝般润滑的同时，也碰触到指尖的微凉。

人有很多时候，是在为心找一个家。仿佛冥冥之中，一切早有安排，行走在文字里，一些遇见纷至沓来，总有些人，是植入生命里的暖，总有些事，是愿意驻足的流连顾盼。一如，我和文字缘的遇见，一见倾心，再见倾城。

因一篇文而相知一个人，因一个人而走入一片更为广阔的天地，这本身就是一个传奇。或许这样的遇见，是前世修来的缘，或许这样的遇见，也正契合了自己久藏于心，与文相伴的情深。文字缘，就像久别重逢的故知，在彼此交汇的刹那，如电光火石，照亮心间。惊鸿一瞥，那似曾相识的眼眸，那相看两不厌的温情，如冬日暖阳将我包围，让我有足够的理由，停下漂泊的脚步，甘心情愿在此守候。

人世间，每一份情感，都是理解中的丝丝连心；每一颗真心，都是包容中的风雨同舟。

对于随缘的人来说，遇见是一个偶然，对于执着的人来说，遇见是一种必然，对于情趣相同的人来说，遇见则注定是一场心灵的相守。

文字缘，侠骨，柔情，用满腔热忱接纳来自四方的朋友，用真诚宽容召唤着心灵的同行。"羡子年少正得路，有如扶桑初日升"，中国文字缘，如初升的太阳，在茫茫文海冉冉升起。以文会友，共舞芳华，借文字缘这个平台，让更多文采飞扬的朋友，有展露风采的地方；让更多有待提高的写手,有学习交流的机会;让更多喜爱文字的朋友,在时时更新的美文中,有选择阅读的所在。

道相同、心相通、力相聚、情相融。遇见,是多么美好的缘!

感谢文字,让我在时间无涯的荒野里,没有早一步也没有晚一步,遇到了最想要遇到的人。感谢文字,让我于命运的某个转角处,没有早一分也没有晚一秒,邂逅了最想要邂逅的一段缘。

时光不老,我们不散。今晚,且容我借缕缕秋风,在杭城渐浓的桂花香里,为我深深喜爱的文字书写一笔最美。执笔流年,共守心灵的桃园,今晚,且容我站在时光的一隅,为我倾情相守的文字缘许下一份永远:你若不离,我便不弃,你若安好,我便晴天!

默然相守,寂静欢喜。

遇见温暖，遇见你

时光薄情，从不肯为谁停下忙乱的脚步，转眼之间，又到了一年之中最为寒冷的季节。肆虐的风，裹着霜雪，自北向南，在一阵强似一阵的嘶鸣怒吼声中，将冷冷冰凌挂在枝头，也将一剪愁绪，锁进善感之人的心里。

四野茫茫，山河静寂，冬给人的感受，永远是不近人情，肃杀而萧条，就像一个伶牙俐齿的人，不依不饶展现出来的尖酸刻薄的一面。行走在肆虐的风中，哪怕缩紧身子，也难以抵御寒风的侵袭，而心中最大的愿望，就是在背风向阳的地方，借一缕阳光的暖，与之来一个深深的拥抱。

总觉得人生犹如四季，春花秋月夏鸣蝉，不同的季节对应着不同的心路历程，不同的阶段更有着不一样的心灵体会，于无声处，写意清晰，轮廓分明。

若人生果真也有四季，那么冬，应该就是一生当中最寂冷最落寞，最苦不堪言的阶段，宛如一个风尘仆仆的旅人，明明为赶赴一场美好，满怀希冀而来，却在倾尽所有，奔波千里之后，来不及掸落身上的浮尘，却被告知，已走到了山与水的尽头。

盈握的温暖还来不及收藏，冷冷的冰霜已横亘在面前，面对这突如其来的变故，你就算再心有不甘，那又如何？哪怕内心被寒流结成了冰，又能怎样？或许这就是人生吧，希冀与现实很难成正比，总有一个阶段会走到人生必经的某个路口，总有一些时光是无言独上西楼的彷徨，总有一些酸楚要独自咽下，而心底的苦寒，诉与谁人听？

寻寻觅觅，冷冷清清，凄凄惨惨戚戚，蜷缩在退无可退的角落，内心深处油然而生的，是对明媚之春的向往。在寻找温暖的路上，我们如此渴望，被温情久久地护佑。

冬，寂冷，寒，彻骨，多想得遇一份温暖，还季节一个温存的笑颜，多想拂去岁月的风霜，还时光一个不老的神话。所幸冷冷风寒中，还有红泥火炉的温热，还有绿蚁新酒的滋润，还有一抹暖阳，从遥远的天际，暖暖地洒下来。

白落梅说，今生所有的相遇都是久别重逢，我不知道前世的我们是如何走散的，我只知道今生有幸，一个偶然的机会，一个不经意的眼眸，让我在茫茫人海，在人潮涌动的路口，再一次遇见了久别重逢的你，一眼千年，从此，孤独的旅程，因遇见而平添了一份安暖，寂寂寒夜，因遇见而更多了一份知足。

如果说，相遇是一树花开，那么，与你的遇见就是娇艳的心花一朵，如果说，依赖是一种本能，那么，默默相伴的日子更是依赖叠加的途径。习惯了有你的存在，习惯了一声嘱托，习惯了并肩同行，习惯了竭尽全力，当习惯成为了自然，依赖更弥足珍贵，同行的这条路，哪怕走得再艰辛，内心滋生的，依然是无尽的欢喜，和无尽的向往。

因一篇文而相知一个人，因一个人而走入一片更为广阔的天地，这本身就是一个奇迹。或许这样的遇见，是前世修来的福分，或许这样的遇见，也正契合了自己久藏于心的夙愿。惊鸿一瞥，那似曾相识的眼眸，那相看两不厌的温情，如冬日暖阳将我包围，让我有足够的理由，停下漂泊的脚步，甘心情愿在此守候。

有人说，爱上一座城，是因为城中住着某个人。我倒认为，爱上一座城，也许是为城里的一道生动的风景，为一座熟悉的老宅，为一段青梅往事，又或许，仅仅为的，只是这座城。好比爱上一个人，有时候，不需要任何理由，没有前因，无关风月，不问结果，只是爱了。

我不知道自己究竟想要追寻一种怎样的刻骨，却如此迷恋生命中这份温暖的依傍。始终相信，这一路走来，许许多多忙碌日子的叠加，早已将必要的温暖和美好的记忆烙印在彼此的心底，供我们在寒冬时想念，取暖，然后心怀美好继续奔波千里。

人的一生，步履匆匆，行囊空空，这一路走来，我们走走停停，丢丢捡捡，能够握在手心里的东西，实在是少之又少，而能够遇见一份美好，并在心底留下深刻印象的东西更是少之又少，何况，是能够遇见一位与自己灵魂相似，具有相同思想高度，且能够以树的姿态并肩站立的人，更是难能可贵，这样的遇见，势必是彼此内心的珍藏。

经典之所以成为经典，必经过岁月的淘洗，精彩之所以成为精彩，必经得起时间的推敲。当遇见温柔了岁月，缘分，便是最好的注解。

北风凛冽的早晨，站在临街的窗台边，感受着一场横跨全球的寒潮来袭，看欲雪的天空灰蒙蒙一片，看结着霜花的树枝随风曼舞，我如此渴望那一场大雪如期而至，这样，我便可以借红泥火炉的暖驱走身上的寒，这样，我便可以借绿蚁新酒的甜品味真情的暖，这样，我便可以伫立在雪中，听雪落的声音，听春天的召唤，无须惆怅，无须彷徨，便可以和你一路到白头。

走过很多曲折，摔过很多跟斗，遇过很多脸庞，听过很多桥段，终于明白，人生有无数的风景，最美的风景，一定在心上。

念起，便是温暖，不语，最是情深。

遇见

于千万人之中遇见你所要遇见的人，于千万年之中，时间的无涯的荒野里，没有早一步，也没有晚一步，刚巧赶上了，那也没有别的话可说，唯有轻轻地问一声："噢，你也在这里吗？"

——张爱玲

遇见，分明是一种缘，从不需要特别的预约，蕴藏着深奥的禅意，注定于冥冥之中，而又释放在预料之外。就像经过漫长寒冬的煎熬，你遍寻春天不着，然而，在某个未知的早晨，你懒懒地躺在床上，倦怠的心正无处安放，忽然间从窗外射进一缕朝阳，柔柔的，暖暖的，挟带着清新的气息扑面而来，你欣喜地往窗外一瞥，似乎一夜间，所有的枯枝都绽出了绿芽，顿时，春意爬满了你的心窗。你惊讶地发现，你与寻寻觅觅已久的春天竟如此毫无征兆地不期而遇。

可遇不可求，遇见，就那么随心，随性，仿佛神来之笔，没有期许，勿需寻觅，不用脚本，一切的一切，天工巧合，但却妥帖自然，顺理成章。

人生的华章，随处缀满遇见的诗行。每一次遇见，四目相接，造就一次意外的心灵碰撞。电光火石间，一切都还未来得及细细体会，便已尘埃落定。滚滚红尘，茫茫人海，谁是谁的过客？谁是谁的风景？谁把尘世情怀悄悄点燃？谁把诗意年华盛满杯盏？

一次擦肩，咫尺陌路，一次遇见，天涯咫尺。一个照面，就会掀开一段故事的扉页，冗长了精彩的流光。这样的故事，也许长，也许短，也许轰轰烈烈，也许悄无人息。宛若枫叶遇见了秋意便会羞涩起舞，纸鸢遇见了春风便可冲破禁锢而自在飞翔。该发生的一定会发生，哪怕故事不完美。人生本就不完美，早已夹杂太多的留白和断章，一个个遇见，抒写一段段流年，正是美丽的补遗和点缀。

遇见的背后，其实隐匿着一双关注的目光。有些目光，飘忽不定，渺如云烟；有些目光，惊鸿一瞥，回味一生；有些目光，过目则忘，宛如流星；有些目光，一见如故，魂牵梦绕。

对的时间，遇见对的人，注定邂逅一场春暖花开。这样的遇见，无须标签，盈润着最合适的温度，在彼此的心端晕开绽放的白莲。不论何时何地，他们总能心心相印，默契犹如琴瑟之和。这样的遇见，恰似天空坠入凡尘的诗行，曼妙无比，如舞动着的音符，轻灵成曲，独奏一段完整的人生乐章。

每次在冬日里遇见洁白的雪，总能激起我异样的情怀。雪，就那样悄无声息地来，静静地映入眼眸，过后静静地走，留给单调的冬天一幅祥和静美的景画；雪，低调，毫不做作，高洁而晶莹，将世间的一切污浊悉数掩埋；雪，以其博大的胸怀，把所有卑微的生灵置于它的保护下，度过一段最艰难的凛冽时光；雪，不惧淫威，宁可融化自己，也要维持傲然的纯洁……

行走于人生旅途，我看着这个世界，我知道，这个世界同样也在看着我。我用目光关注着每一个我想要遇见的人，我知道，也会有想要遇见我的目光在关注着我。每当我在合适的时间，恰巧遇见像雪一般高洁的人，这种一见如故的遇见，成就了我最最动人的传奇。我会珍惜这段共同的时光，静守这段共同的故事，不求篇幅的短长，但愿内容的充实。然后，静静地在记忆里徜徉，等待晚霞铺满西方的天空，等待星星陪伴着月亮。

我深知，我是个感性的人，而感性的人最怕离殇。既遇见，何分离？即便等不到地老天荒，也大可遥相守望。因为距离从来就不是问题，无奈的只在于中间相隔的沧海桑田。遇见了，就该净空所有杂念，任整个世界花开无声，任整个流年风过无痕，只要彼此的世界都来过，便已经足够，没有遗憾。

淡淡地遇见，回望一段传奇，坐拥一寸幸福。毕竟，人活着，本身就是一个奇迹，而能够在红尘彼此遇见，更是一个天大的传奇。

遇见，唯美了时光

八月，注定是不平凡的，有些张扬，有些妙不可言。

荷塘里，荷风四起，田田荷叶在微风的吹拂下翩翩起舞，光与影交织着，层叠着，一缕缕荷香，随微波慢慢洇渡开来，漾入心湖。

八月，成功与希望同在，阳刚与阴柔并存。走进八月，不只意味着夏去秋来，秋的开始，在缘分和遇见的撞击下，执意且执着于笔舞流年的人们，也因此而有了更加立体和丰富的解读。

"荷风送香气，竹露滴清响"，如驻守在清香四溢的荷塘，两年前的八月，阳光正热烈，时光刚刚好，中国文字缘文学网犹如一朵含苞待放的荷，在众荷喧哗声中正式上线，给热闹非凡的文坛注入了清新甘冽的空气。

简约的版面，令人耳目一新；唯美的文字，给人爽心悦目之感；精致的图片，使人不忍释手；灵巧的互动，让人有如游子远归。从此，在一群群文字爱好者的心中，多了一个学习交流的平台；"给文字安个家，让灵魂与文字共舞"，从此，在一群群热爱写作的朋友笔下，多了一个展示才华的空间。

现代生活早已喧嚣到疲惫不堪，各种压力如怪兽般纷至沓来，许多人只能在午夜临睡前，才能够静下心来聆听自己厚重的喘息。现实里，我们别无选择，唯有按部就班，唯有亦步亦趋，唯有一步一个脚印。

日子是平淡的，周而复始，如落叶般重重叠叠，连自己都觉得乏味。而我们的内心，却依然百转千回，流淌着浓浓的诗意，如一叶新绿渴盼着水的润泽，渴盼着舒展与释放。在现实与梦想中徘徊久了，免不了心生厌倦，冲动和想要逃离。我们需要一个空间，来缓解和释放。

总希望在梦想所及的地方，能重塑些美好，来换取心的安慰。总希望在日薄西山之前，能留住些美好，来润泽心扉。

文字之于我们，仿佛五味之于厨匠，在一日一日的蒸文煮句中，为平淡的生活增添了无穷乐趣。夜阑人寂之时，零碎的时光穿透老树的缝隙，泊进心湖，些许斑驳陆离的亮闪便泛将出来。一发不能平静之时，方方块块，记录着亮闪的文字，如泉而汨。生命里的一念感动，一丝情结，一份心痛，几许愤然，那么自然地流淌在字里行间。

"绿蚁新醅酒，红泥小火炉"。向晚的黄昏，读白居易的《问刘十九》，红泥，绿酒，阴天，白雪，一个个简单的字符在眼前飘过，触动心扉。酒，是水做的火，泥，是火中的土，屋外是寒冷的天气，心中有一个能够相邀共饮的朋友，幸运乎，温暖乎？文字的世界，美若童话。

文字是有灵魂的，犹如一位故人，披一袭简洁与精妙，穿越唐风宋雨，走过四季轮回，于光阴的巷陌间轻歌曼舞，平平仄仄，声声入耳，那散落一地的，都是薄荷般清凉的味道。

相同的文字，因为倾注了文者不同的思想与情感，便有了不同的意义。相同的人生，因为遭遇了不一样的波折与磨难，便有了不一样的结局。有时候，一眼便是千年，有时候，一眼已过千年。回首走过的路，那些深浅不一的痕迹，那些欢声笑语，愁绪满怀，就像被撕碎揉皱的纸，纷扬在心头，总给人没齿难忘的印记。而我们，别无居所。

别无居所的我们，唯有把我们的思想，我们的精神，我们的情感放逐在文字里，在文字的世界，重整山河。也唯有在文字的世界里，我们才可以轻松自在，不必压榨自己，更无须抑制心内疯长的草和无处攀爬的藤蔓，只管随心之所向，让点点花火在文字里漫延，在文字里狂欢，在文字里泣血，在文字里醉饮流年。当垂垂老去的那一天，翻开泛黄的笔记，光阴堆砌的悲喜，依旧在经年的风里轮转；依旧在生花的妙笔里年轻着，妖娆着，顾盼生恣，巧笑嫣然；依旧随故事的故事，风生水起。

人这一生，有无数次机缘，让我们遇见，让我们离散，但是总有一些什么，是我们不舍离去，甘心情愿用无限深情去相守的。相知如镜，相伴永远，这一路走来，真正能够让我们心有所属并相依相随的东西其实并不多，很多时候，我们能够相拥的，唯有心中那一窗明月，梦中那一片桃园，还有漫漫孤旅中，那没有早一步，也没有晚一步的遇见。

遇见，从不需要特别的邀约，更无须惊艳的开场。在某个有缘相见的早晨，在某个清风送爽的渡口，在某本翻开又合拢的书上，在某一声深情的召唤里，遇见的故事，如荷风拂过，清香而悠远。

坐在八月的荷塘边，微风送来阵阵荷香。回想起生命之中偶然也必然的遇见，回想起文字路上的亦步亦趋，回想起与文字缘共同成长的日日夜夜，无限感慨。许多的精彩，犹在眼前，许多的感动，尚在心间，还没来得及做过多的张望，七百三十多个日子已一闪而过，而昨日那朵初生的荷，亦已褪去青涩，拔节而起，亭亭玉立在水中央。

文字路上，没有捷径，唯一字一句积累，方成正果。人生路上，没有侥幸，唯一步一个脚印，方为传奇。始终相信，最美的时光，一定在心上，最真的守候，一定与时日一起成长。

遇见，分明是一种缘，注定于冥冥之中，而又释放在预料之外。浓情八月，文字有约，愿文字路上那一个个精彩的片段，串起生命不朽的传奇。执笔画心，墨舞芳华，愿风雨路上那一个个不期而遇的遇见，成就人生最美的篇章。

网缘，只为一程孤独

"铁打的网络，流水的友"，一个偶然的机会，在网络空间闲逛，无意中看到这么一句简单直白却五味杂陈的话，霎间触动了心扉，仿佛看到人生站台上，那一列列疾驰而来又飞奔而去的列车，仿佛看到人潮涌动的关口，那一个个上车下车，进站出站的人儿，仿佛看到昨天的昨天，曾经的曾经，那一个个逝去如飞的日子。

都说时间会让深的东西更深，浅的东西更浅，然而揭开岁月的面纱，我们却总是发现，被时光洗得发白的日子里，包裹着太多的事与愿违。所谓的深与美丽，至多是留在心底一道浅浅的印痕，被时光反复地弹唱，被自己和他人，人为地修饰。尽管我们如此地依恋与眷恋，并为之付出过太多的真心与实意，然而终是远了，淡了。而一往情深的对白里，有多少记忆还在鲜活，有多少人儿还在等待？

正如几米所言：生命中，不断地有人离开或进入，于是该看见的，看不见了；该记住的，遗忘了。生命中不断得到或失去，于是，该看不见的，看见了；该遗忘的，记住了。然而，看不见的是不是等于不存在？记住的，是不是永远不会消失？我们所能拥有的，不过是段落与段落之间，精彩或不精彩的回忆。

我常常在午夜中沉思，一遍又一遍，品尝着离别的滋味，品尝着喧嚣后的落寞，品尝着久远前的明媚，品尝着断然决然的背离，然后又在不绝如缕的怅然与懂得里释怀，重拾心情，重新上路。

人生，是一个人的路程加上若干人的陪伴，谁都在寂寞中独行，谁都带着渴望找寻。然而这个世界就是这么神奇，在追寻真情的路上，不是你负了我，就是我负了你，或者说谁也没有负过谁，只是当初的热忱和挚言，已经被时光的洪流带走，只把一些不合时宜的唏嘘与慨叹，停留在物是人非的场景里。

有情人生，无情岁月，让许多真相大白于天下。有些人，可以轰轰烈烈走一场，因为懂得可以让彼此的心走得很近；有些人，可以不离不弃走一程，因为真心的呵护能让脚下的路无限漫延；有些人，只是浮萍漂流过程中偶尔的亲近，然后在各自遭遇的旋涡中消失得无影无踪，当命运之波再次涌动而聚首，谁也假装不了什么都没发生，因为有些故事注定已经落幕，剧情自然没有必要拖沓冗长。

时间，只是让浅薄的东西更显浅薄，而所谓的深，也就是在天光放亮之时，让你看清，哪些是能够与自己同行的人，哪些是只适合待在黑名单里各安天涯的人。

因缘际会的过往，只是相依走过的路程，在某一个节点，加入了某些蜕变的因子后，再也找不到人生若如初见的美好，于是分道扬镳便成为了必然。心不甘情不愿如何，纵然用七彩的丝线把梦想编织得分外妖娆，纵然美丽的过往晃花了自己的眼，纵然你痛我悲的深切曾温暖过心房，而时光早已飞奔向前，只一个转身，一切的一切便如山风过耳，再也回不到真情的原点。

我不止一次看到过转身后的落寞，不止一次体会过感情疏远的苦痛，不止一次品尝过内心失落的酸楚，以至于在日后漫长的岁月里，让善感的自己，变得犹疑。不再热忱，不再奢望，只是不想让一段又一段的背离刺伤自己，只是不想用最真的情感换最深的绝望。

习文之人，多愁善感，爱上文字，必然会种下文字的蛊，会心生感慨，会浮想联翩。许多时候，内心的纷乱并非文字所能描绘，然而许多时候，文字却又能恰到好处地泄露心底的秘密。正如这句从"铁打的营盘，流水的兵"演绎而来的"铁打的网络，流水的友"，谁人知道文字的背后，有多少故事藏匿其中，又有多少情感难舍难分。

有人的地方就有江湖，无论从现实到虚拟，还是从虚拟到现实，道理不尽相同，只要有人的地方，就会有相聚离别上演，就会有扼腕击节之叹，就会有愤懑苦痛之渲。

人，都是感性的，背着孤独的行囊前行久了，难免会心生渴求，希冀生命中有一些温情的时光，是属于自己的美好，哪怕只是闲暇之时与友人坐下来喝杯茶的简单，哪怕只是困惑之中片言只语的安慰。然而俗世纷乱，早已容不下安放灵魂的空间，快节奏的步伐让打扰都成为奢侈，许多人把自己禁锢起来，寄情于网络，或寻求共同的爱好，或寻觅久违的温暖，只为这一程孤独，有温暖相依。

相遇红尘，邂逅爱

不问山高水长，不问情深几许，从陌生到熟悉，从相识到相知，人们通过网络架起的桥梁或找到了心灵相通的知己，或找到了情投意合的伙伴，或者说什么都没有找到，只找到了过客对过客的欣赏。于是，偌大的网络空间，凭着一根网线的牵引，朋友这个称谓便泛滥开来，随着交往的长短，网络情感也由此而生，于是依赖也就成为了习惯。

时间是一支标尺，丈量着人性的伪善，时间是一杆秤，称出了人性的虚实，在时间的洪流中，如大浪淘沙，该来的总将会来，该走的一定会走，哪怕当初的相见恨晚那么煽情，哪怕当初的情投意合历历在目，哪怕当初的信誓旦旦犹在耳边，在时间的过滤中，什么都无须隐藏，什么也无法隐藏，人性的弱点自会暴露无遗。

贪婪、私欲、极度膨胀，羡慕、忌妒、依次上演，有些人甚至为了一己私利，可以不顾昔日情分，出卖良知。

缘来缘去缘如水，花开花落终有时，人生就像蒲公英，看似自由，却身不由己。有些事，无从把握，不管你愿不愿意；有些人，终成陌路，不管你明不明白。

人前热闹的人，转身便是苍凉。马德说，真正交深的人，朋友不会多，无论多么大的世界，心灵能共鸣的人不会有几个，况且，真性情的人，往往有着强烈的爱憎。共同的厌恶，让彼此扎堆，然后共同的爱好，才让心灵相互靠近。

朋友，不是一个脱口而出的称谓，而是用真情守护的初心。

友不在多，得一人可胜百人；友不择时，得一缘可益一世。朋友，是雨天里的一把伞，在大雨倾盆之时为你撑起；朋友，是暗夜中的一盏灯，在迷茫之途中为你点亮；朋友，是炎炎夏日的一缕荷风，清香之中带着清凉；朋友，是冰封世界的一炉篝火，温暖之中带着温情。

网缘，只为一程孤独，这一路走来，你可曾拥有？

女人心中的那条河

都说时间，会让深的东西更深，浅的东西更浅。今晚，当我的目光停留在这本印制精美的宋词之上，一字一句品读秦观的《鹊桥仙》时，我知道，有些东西是时光带不走的美好，有些东西是岁月深处摇曳的情花，有些东西谁都无力抗拒，有些东西，就算隔得再遥远，依然是刻在心头的一点朱砂。

许多时候，文字予人的，总是醉心之美，尤其是在某个特定的时间段，应景又入心的文字必然会唤醒人内心深处的潜藏，引发共鸣。且随着文字意境的不断深入，一些寄予，一些念想，便会在这样的时分，不由自主地从心里跳出来，让自己染上莫名的喜与悲，让自己有那么一瞬间心生恍惚，仿若时光倒流，仿若遇到故人。

文字染心，皆因懂得。读杜牧的《秋夕》，让我那么自然地想到了爱与别离的纠缠。

"银烛秋光冷画屏，轻罗小扇扑流萤。天阶夜色凉如水，坐看牵牛织女星。"寥寥数笔，写尽了深宫女子的寂寞幽怨，也写尽了天下女子，对美好爱情的神往。徘徊在字里行间，仿佛走进了静谧而又孤寂的时光，仿佛看见了青草丛中流萤呼扇着翅膀，听见了阶沿下秋虫的低声呢喃，闻到了薄凉如水的夜风中，徐徐绽放的花的清香，也品到了内心深处，那丝丝缕缕斩不断理还乱的新愁与旧愁。

在仰望星空的人眼里，头顶上那条闪烁着星光的河流，一定是美轮美奂的吧，那川流不息的河水，也一定是清浅无比绝无喧嚣的，银河两岸，那两个望断天涯的人儿，也一定收起珠泪换上了笑颜，因为爱情，能够磨平所有的苦难，因为爱情，可以抵御万千风寒，因为爱情，有最最动人的一面，如一枚晶莹剔透的琥珀，凝于岁月，沉淀包浆，纵然无法长相厮守，依然有笃定的信念呵护一生。

七夕的爱情，是一首古老的歌，在天地间流转，温暖过多少孤独的灵魂。七夕的爱情，是寂寂凡尘最清澈的泉，在人世间流淌，润泽过多少寂寞的心房。七夕的爱情，横亘在九天之上，是浩浩天宇最闪亮的星，用最深情的吻，温柔过多少无情岁月，普天之下，瓜棚地头，引多少人儿仰望企盼。

为伊消得人憔悴，衣带渐宽终不悔。深陷在爱情里的人，总是那么心甘情愿地为心仪的那个人付出所有。忘了时间，忘了自我，不惜一切，不遗余力，真正的爱，从不需要理由，更无须物质的铺垫，只要彼此的心里，播撒着爱情的种子，就算苦难，把人生雕刻成瘦骨嶙峋的模样，就算被逼，走到了山穷水尽的地步，忠贞不渝的爱情，依然能把苦痛酿造成甘甜的琼浆，让绝壁，也开出明艳的花。

浮世之中，并不是所有的花儿都能开出最美的模样，落落红尘，也并不是所有的故事都会有圆满的结局。很多时候，爱得痛了，痛得哭了，哭得累了，就算在心里记录下了页页美好，终究还是难逃宿命的安排。

即便爱情之花遍地，浪漫情怀满都，那又怎样？

格里高里·派克，世界上最英俊的男人之一，被全世界的影迷们作为偶像与道德先锋崇拜；奥黛丽·赫本，名门之后，美丽清纯，高贵典雅。因一部《罗马假日》，让他们彼此遇见，并且在拍摄过程中，爱情的种子悄然萌芽。然而此时，他已是三个孩子的父亲，虽然婚姻濒临破灭，但历尽周折的他，早已习惯将万千心事掩埋在波澜不惊的表情之下。而她受过传统教育，虽然心里对他万般爱慕，但善良的天性促使她不敢越雷池半步，不敢让爱的翅膀沾染上别人濡湿的记忆。

许多时候，一朵矜持的花，注定无法开上一杆沉默的枝丫，天使与绅士，注定不会有交集。一段故事在那个罗马假日后戛然而止，再也没有后来。在她的结婚典礼上，作为礼物，他送给她一枚蝴蝶胸针，这枚胸针，记录着他们爱情的开始也是结束。而后，在各自不同的轨迹里演绎着各自不同的人生。

造化总是捉弄人，此后的几十年里，命运翻来覆去，让一直渴望得到真爱至终老的她终究也没有找到过真正的爱情。只是伤痕累累的她，她至死都不知道，从遇见她的那天起，她便是他生命里的月光，日日夜夜，灿烂在他心灵最深处。至死都不知道，她是他一生中最爱的人。至死都不知道，他送她的这件结婚礼物，不是一枚普通的胸针，而是他祖母的家传。

四十年的光阴，她从不曾舍弃的，是这枚蝴蝶胸针，而他深藏在心的，也是这枚蝴蝶胸针。在她去世十年后的生前物品拍卖会上，他拖着颤巍巍的身体，如愿以偿拿回了蝴蝶胸针，如获至宝地捧在胸前，仿佛捧住了无法倒流的时光，青春时期的爱恋。

人，有很多的无奈，是面对现实，不得不学会的掩饰，是将自己装进厚厚的壳里，假装坦然的漫不经心。可是，就算再淡若轻风的人，也总有一些时光，会无端生烦恼，让自己走入长长的雨巷，被莫名的情绪打湿内心，连空气都拧得出水来。总有一些时光，会无处话凄凉，让自己走进狭窄的胡同，软弱到无依。总有一些时光，挥不去满腹心事，掩不住心中惆怅，就像，深陷在回忆之中，想起某些走近又擦肩的过往；就像，沉沦在现实之中，品尝到满怀期许又被无情粉碎的苦涩滋味；就像，某些端坐阶沿，默默仰望星空的日子所体会到的，更深露寒。

仰望星空，总有许多深情的告白，像朵朵娇艳，开在隐秘的角落，虽无缘企及，却暗香浮动。仰望星空，总有许多深情的故事，像五彩的锦缎，层层叠叠，在溶溶月光的照射下，妥帖而安暖。寂寞无助的时光，终因这一份美丽的念，而润泽芳菲，一曲红尘，终因这一份相随的暖，而温润心房。

人有很多时候，是在孤独中前行的，无处安放的灵魂，总是在独品寂寞，也总是在寻寻觅觅。期许一片阳光，期待一个港湾，期盼一份真情，以此来驱散冷冷风霜带来的寒意刺骨，来抚平现实无情所撕裂出来的片片伤痕。而支撑我们前行的，唯有内心深处不休不眠的希冀。

是啊，人生岂可无念想，否则，寂寂时光谁陪你度过，否则，日复一日在热闹喧嚣中穿行，到哪里去寻觅心的方向。否则，戴着面具的舞蹈之后，何以能卸下沉重的包袱，在爱别离，求不得的无奈与叹息声中，又怎能排解痛苦，进行自我的救赎。

许多时候，我们就是靠着执念和希冀活着的。今夜，当我的思绪定格在七夕这个字眼儿，沉醉在古往今来那些可歌可泣的爱情之美时，我知道，纯真的爱情在遥远的时空，正像我凝望它们那样地凝望着我，那隔世离空的爱恋，像一颗颗晶莹璀璨的宝石，在我的心深处，熠熠生辉。

于千万人之中遇见你所要遇见的人，于千万年之中，时间的无涯的荒野里遇见你想要遇见的人。最美的爱情，是恰好之时的一见倾心，如春风送暖，催开了桃红李白。最好的爱情，是在对的时间遇见了对的人，然后在一片诗意的天空下，与时间共老。最好的爱情，是活在同一个节拍里，像青青的藤蔓缠绕，一同在雨声里做梦，一同在雨声里失眠。最好的爱情，是茫茫暗夜的两盏灯，在相遇的瞬间，便照亮彼此的灵魂。

女人河，爱情河，就像一条美丽的云带环绕在女人的生命中，粼粼波光随心潮起伏，蜿蜒着无尽缠绵的梦。就算身陷在无边寂寞的黑暗中，它也可以唤醒女人蹚过苦难，看到天上繁华的街市，看到无数闪亮的明灯，看到那条浅浅的天河，以及情深缱绻，提着灯笼在走的，织女和牛郎。

女人心中有条河，一条永不干涸的河。今夜，有雨落下，黑漆漆的天空看不到一丝光亮，但是我知道，隔着一帘重重的雨幕，那条满载爱意的河正静静流淌，生生不息。

红尘醉暖，共守清宁

"我是被你囚禁的鸟，已经忘了天有多高，如果离开你给我的小小城堡，不知还有谁能依靠"。每一次听这首歌，心总会被一种莫名的情绪缠绕，仿若某个烟雨朦胧的早晨，迎面吹来一阵清凉的风，内心深处某个不为人知的角落，被风掀起，裸露出湿漉漉的底色，潮湿的思绪便不可抑制地泛滥开来。

原来，依赖那么美，它能够让人甘心情愿沦为囚鸟，从陌生到熟悉，从习惯到自然，慢慢长成生命里遮风挡雨的树，而忘了高远的天空，自由的翱翔。原来，依赖那么痛，它可以改变一个人的心境，在背道而驰的日子里，从远处来，到远处去，从心窃喜，到梦无涯。

今夜无眠，只有这首歌曲在耳边萦绕，字字句句，直击心扉。烟雨红尘中，有多少真情的故事正在上演，悲欢离合里，又有多少美好的往事无法续写？此刻，就让我在这首充满忧伤的旋律里，去品味孤独者的心声，就让我在这个难以入眠的夜晚，与寂寞交换悲伤的心事，让万千心事，落满字里行间。

是什么触动了心扉，是哀怨，是怅惘，是追忆，是不舍，还是那只要深爱就是永恒的誓言？许多时候，我们都是缺少爱的孩子，奋勇向前的目的，也仅仅只想要找到心的依傍。情到深处无怨尤，真爱都是如此的吧，许多时候，我们甘心情愿做了爱情的奴。

心若不动，风又奈何，你若不伤，岁月无恙。那失落在时空里的爱恋，伤心与眼泪可否换回？那疼痛过后的领悟，又饱蘸着怎样的情深？已经很久没有时间去体会这样的心情了，此刻不知为何，竟然感同身受。

问世间，情为何物，直教人生死相许。或许，这样的话语，谁都懂得，只是在浮躁的现实当中，在爱情沦为快餐的年代，已经没有多少人，愿意停下脚步，等一等自己的灵魂，也没有多少人，愿意付出真心的爱。很多的爱，只不过是剧本里应时应景的一个桥段。

人的一生，至少该有一次，为了某个人而忘却了自己。不求结果，不求拥有，甚至不求你爱我，只求在我最美的年华里，遇到你。这样的情深，是怎样的情深？这样的情深，又是多少人给得起的情深？

慧极必伤，情深不寿。这世上，总有许许多多的遗憾，求而不得，也有许许多多的情深，植入无门。当一个人，为了某个人而忘了自我的时候，那低到尘埃里的爱，是否有意义？当无可替代的依赖被无法相依的失落替代，当无处可逃的内心被无力挣扎的哀伤纠缠，当无处可诉的凄苦被无人能懂的酸楚吞没，这，是不是一场情感的劫难？

自古文人多悲秋，虽不能自诩为文人，但骨子里却也深深刻入了文人的多愁善感，尤其是在这个新旧交替的多事之秋。触景伤情，眼见夏的热情被秋的薄凉稀释，眼见文字的江湖风起云涌，心里不免有些荒芜。一些插曲，出现在不该出现的地方，如一石激起千层浪，惊扰着本该清宁的时光。

是文字固有的魅惑，制造出令人困顿的假象，纷乱了看戏人的心。心手相牵，共守清欢的柔情似水，你懂我守，笃定不移的真情表白，不断从眼前掠过，让人惊讶的同时不由惊叹，原来爱，已经虚拟成舞台剧，可以自由想象与发挥，半推半就，真真假假，只看故事如何进展了。

问世间，情为何物？或许只有真正懂爱的人才明了，爱不是戏，更不是彩云，爱是责任，是担当，是深埋的钻石。静夜的思绪里，如烟往事穿尘而来，许多细节在脑海里盘根错节，越来越清晰。那些用时间和真情织就的美好，在秋日的风中飘荡，心里，忽然有了云卷云舒的淡定。

心安便是家。人生，谁不渴望寻一处灵魂的原乡，在那里修身养心，安身立命；谁不渴望拥一片纯净的天空，在那里守护清宁，回味时光。岁月兜兜转转，唯心安才是家，面对突如其来的意外，飘忽不定的思绪，无可名状的失落，难以言说的痛楚，唯心安，方能抵御人生的暗潮涌动，唯心安，方能守心自暖。

青山依旧在，几度夕阳红。人生难得完美，但，最后的最后，我们依然要靠真诚和爱走下去，最终的最终，我们依然要依着温暖前行。红尘醉暖，共守清宁，愿依心而行，许时光以永恒，容我在一方纯澈的天地里，气定神闲，且等岁月，来为我裁剪一片美好，织就一幅年华锦绣。

一生的朋友

我,是冬日的一株小草,你,是一阵春风,你从我身边轻轻掠过,用温暖脱去我枯黄的衫,为我披上翠绿的裙,我把一抹绿色映衬在烂漫春花的海洋里。

冬寒风紧,月冷星稀。思绪就像醉了酒,歪倒在没有指示牌的陌路。缭绕的烟雾,弥漫我失意的情绪,寂寥的冷漠,冻结我脉动的心扉。随意翻动网页的轮毂,爱恋的故事动人不再,励志的言语无力苍白,华丽的诗篇掩不住窗边摇曳的枯枝。此时的我,正是冬日枯萎的小草,在冰天雪地里迷离。蓦然,一个暗灰已久的头像,似海中的灯塔,闪亮无比。没有预约,没有暗示,冥冥之中,心有灵犀。你的出现,正是及时。你,悄悄地来,一如你静静地去。荧光闪闪,暖流徐徐,最简单的文字,有如春日,迅捷驱散我写满眉头的阴霾,最简洁的符号,恰似春风,旋即温润我冬眠的心思。

我,是一只迷茫的燕,流浪在无序的风里,你,是导航的信鸽,远翔高飞,空中回荡一串嘹亮的风铃。

烈日下,我,长久地伫立于陌生城市的站头,瘦弱的肩膀早已扛不动简单的包裹,攒动的人头,不息的车流,我实在找不到一个可以切合的入口。偌大的城市，孤零的我，似雷雨前的小燕儿一样手足无措。你，终于出现，熟悉的嗓音，同样的走姿，你潇洒地挥一挥手，轻轻地提起我沉重的行囊，甩给我一个高大的背影。夏日炙烤的炎热终抵不住心底的凉爽，我知道，沿着你的足迹，就可以找到一把钥匙，从此可以开启这座城市。

我，是叶上的一滴露，你，是天琼的那轮月。秋夜，你无怨无悔地照亮我，我，贪婪地从你那里汲取精华，我无言，你无声。天亮了，你隐去了，不知，是我的不舍，还是你的不舍，伤感写在你脸上，泪，却流在我眼里，于朝霞里莹莹闪闪。

我，只是芸芸众生中普通的一员，你，就是我一生的朋友。

或许，我们素昧平生；或许，我们似曾相识；或许，我们朝夕相处。或偶然，或巧合，或缘分，只是因为有了你，从此我便不会孤寂。人生的道路，有时我会迷茫，可是有了你，我知道你会指给我方向，不会偏离。

一生的朋友，不需要承诺，只在最需要的时候悄然出现，带来一丝惊喜，一点关怀，一份安慰。一生的朋友，不期回报，只献真诚。一生的朋友，无所谓结果，只在意曾经。一生的朋友，只会在一旁默默关注，不冀相知相守。一生的朋友，没有繁文缛节，只有简单纯洁。一生的朋友，是一份牵挂，一份期待，一种依赖，一点鼓励。一生的朋友，如兄长，似老师，也许只是一抹淡淡的微笑，一句浅浅的问候，一张宽大的肩膀，一缕熟悉的文字，一个简单的符号，一曲动听的旋律，一份甜甜的回忆。

我们都是茫茫天宇中的一滴水，不管你来自高原的冰雪，还是来自丛林的小溪，抑或地下的温泉，我们终将会流成河，聚集于海。亲情，来源于血脉，爱情，来源于相知，友情，来源于相遇。亲情不灭，爱情易老，真挚的友情天长地久。一生的朋友，我愿用一生来珍惜你，如同你一样，珍惜我。

虽然我们运行在不同的轨道，但我们心心相印，相互遥望，相得益彰，愿我们相伴于美丽的人生旅途，做一生的朋友！

风雨路上悟朋友

人生是一场孤独的漫旅,在这条只许前行不许后退的单行道上,在这时间无边的旷野里,我们不断地邂逅着,别离着。常常,留在掌心的温度还未褪去,一些曾经相知相伴的人已经淡出了我们的视线,常常,错落在生命里的风景还未看够,一些美好的画面还在心中被无限放大,而我们,已经变成了熟悉的陌生人。

任何的感情,只有经得住时间的打磨,才可以确定它的真实性和可靠度,也只有经得住时间的打磨,才能够体现出它真正的价值。而往往,在时间面前,我们是如此的苍白,又是那样的无助。

不止一次听人用赞许的口吻说起过清淡出尘这个词,那种对自在、从容的人生姿态的欣赏,那种无所谓失去,亦无所谓得到的不惊不扰,着实令人感佩。也曾无数次听人用淡然的口吻说起过:握不住的沙何不扬了它,那种物来则映,物去不留的轻描淡写,也着实让我感佩。也知道,走过不属于自己的风景,是多么潇洒的举动,而这举动极大程度又体现着一个人的智慧和勇气。然而,对于我这种既缺乏智慧又缺少勇气的人而言,又如何能够达到物我两忘的境界?

常常,在一道道熟悉的风景面前流连忘返,不舍得离去。常常,在那赖以慰藉的风景淡去之后，黯然神伤。常常，在朋友渐行渐远的脚步声里，泪流满面。

"风住尘香花已尽，日晚倦梳头。物是人非事事休，欲语泪先流。"每每读李清照的《武陵春·春晚》，总是百感交集，不忍伤悲。词人将爱恨情愁，用精练的笔墨嵌进了温婉的文字里，那欲语还休的，岂止是说不清道不明的哀怨，更多的是已然破碎的心。而现实中的我们，何尝不是如此呢？很多时候，是欲语还休，懂得你的人自不必你多言，不懂你的人，说多了又有什么意义？

总是在现实与自我完美的世界里徘徊，体会着心碎心痛的心有不甘，爱情、友情，究竟什么才是可以追随一生的东西，到底谁才是能够温暖一生的人？风雨路上，到底有没有留得住的永恒？

常常忆及，那些曾经形影相随的儿时伙伴，那些曾经朝夕相处的同学师长，那些曾经亲密无间的朋友知己。寂寂长夜，我思念着你！曾几何时，我们在同一片蓝天下，轻吟浅唱；曾几何时，我们用诗意的笔墨，描摹着心中蓝图；曾几何时，我们踏浪高歌，笑看花开花落，漫随云卷云舒；曾几何时，我们不知道，什么是离愁……

回忆的片断把过往串起，而我们已渐行渐远。细数行囊，除了记忆里尚且留存的那几张模糊不清的留影，茫茫人海，相聚别离，我们又留下过多少握得住的暖？

几许惆怅，几许迷离，几许苦痛，几许心酸，都留给了放不下的自己。许多时候，会背过身去，面对即将失去或已经失去的美好，掩面而泣；许多时候，心生惶恐，不知道如何去修复已经断裂的情感；许多时候，会茫然不知所措，不知道朋友的实质是什么？许多时候会不停地追问，究竟什么经得住时间的考验，谁又会站在繁花落尽之后？

有人说，朋友不必拘泥于形式，只要放在心里就行；有人说，朋友的美不在真诚相守，只要相知刹那；有人说，朋友的可贵不是一同走过，而是分别以后的时时想起。如果友情如此来定义，那么人与人之间到底有多少真实可言？如果友情用距离来取代，那么彼此在心里的分量有多重？如果友情只是一种虚无的牵挂，那么还有多少温暖存在？

朋友，不是背信弃义的见利忘义，不是口是心非的表面做秀，不是置若罔闻的冷淡冷漠，不是身不由己的借口托词。真正的朋友，是患难之中的不离不弃，是站在身后的温暖堡垒，是风雨路上的无微不至，是时时处处的温暖相随，是内心深处的永久相依，是抛却世俗的心手相牵。

风雨路上悟朋友，最真的你，是我最美的守候！

记忆深处的暖

纤云弄巧，飞星传恨，银汉迢迢暗度。金风玉露一相逢，便胜却人间无数。

柔情似水，佳期如梦，忍顾鹊桥归路！两情若是久长时，又岂在朝朝暮暮！

今夜，默诵着秦观的这首《鹊桥仙》，任初秋的晚风轻轻地拂过面颊。今夕是何夕？鹊桥上，牛郎与织女，泪隔了几万光年，一生相爱，却一生身不由己。自始至终，最浪漫的爱情一年才得以一遇，在年复一年的轮回中，纵然有万千相思也只能借一夕的鹊桥飞渡。

天若有情天亦老。浪漫七夕，是一份美丽的情愫，根植在人们的心里，是心灵深处最柔软的暖，润泽着所有人的灵魂。

思绪，总会在这样的夜里飞到过去。推开岁月斑驳的窗，依稀可见年少时生活的小院，以及院墙角落边那一簇簇含着晶亮露珠盛开的夜来香，还有那个坐在葡萄架下仰望星空的小女孩。记忆中的童年随之而来，有关七夕，有关牛郎织女的美丽传说，有关儿时的片断也随着回忆在脑海里翻飞⋯⋯

记忆深处，七夕之夜，银色的月光恰如其分地洒在小院里，点点星光相互辉映，弥漫着夜来香的空气中，似乎还夹杂着那一架挂满了一串串未成熟果子的紫葡萄所散发出来的青涩香味。仰望星空，一眼就能看见那条璀璨的银河，它仿似一条银白的河流横贯南北，那些星星不知疲倦地眨着眼睛，像无数颗细碎的宝石镶嵌在无垠的苍穹中，点点星辉，幻化成银河中奔流不息的河水。

小时候的自己，最喜欢仰望星空，听长辈们讲故事。从长辈们讲述的故事里，知道了悬挂在天际的那把像弯弯的镰刀的星座是北斗七星，知道了在银河的东西两岸，那两颗隔河相望、遥遥相对，彼此辉映的星星叫牵牛星和织女星，也知道了爱，是守候。

"迢迢牵牛星，皎皎河汉女。纤纤擢素手，札札弄机杼"。美丽的传说讲述着美丽的故事，美丽的故事释义着美丽的爱情。或许，能彰显美丽的东西，必经历苦痛挣扎，必经历千难万阻。

"河汉清且浅，相去复几许。盈盈一水间，脉脉不得语。"一条银河无情地隔断了相亲相爱的一家人，牛郎在这头，织女在那头。为了能早日团聚，牛郎和织女不分昼夜在银河边舀水，试图能将河水舀干，飞渡银河。殊不知浩瀚的银河乃皇权的象征，那波涛汹涌的河水，又岂会因此而萌生恻隐之心，而清浅下去。

无情的银河隔断天涯，却隔不断两颗相亲相爱的心，时光飞逝，日复一日，牛郎和织女隔河相望，泣涕泪如雨，也未曾动摇过走向彼此的决心。凄凉的哭声让天上的喜鹊都为之动容，它们自发聚集在一起，在浩瀚的银河搭起鹊桥，让他们得以重聚。然而，天命不可违，短暂的相聚之后，他们还是要分隔在银河的两岸，期盼那遥遥无期的相见……

爱，有心酸，有无奈，但更重要的是执着。忠贞的爱情最终感动了王母，她允许每年的农历七月初七夜，由喜鹊在浩瀚的银河，为牛郎织女搭起鹊桥，一家团聚，一诉相思，也算为凄美的爱情画上了完满的句号。

美丽的传说总能带给人无限遐思，倾听之余，又总是那样地发人深思。喜欢美丽善良的织女，用灵巧的双手织出七彩的锦缎，为人间带来春色无限；喜欢勤劳纯朴的牛郎，用孱弱的双肩担负起家的责任，让生活过得有滋有味；喜欢憨厚忠诚的老牛，竭尽毕身的心血，成全了牛郎和织女的爱情；喜欢这份纯美的爱情，跨越了千年，依然鲜明。

爱情原本应该是纯美的，当它被物质同化之时，也就失去了该有的色泽，失去了长相厮守的坚持，失去了与子偕老的甜美，变得世故而凉薄，变得浮躁而寡味，许多人已经无暇等待和守候，曾经的痴心牵手不知不觉演绎为一场又一场无间道……

爱情，这个圣洁而美好的东西，正在欲哭无泪的伤感中，被物欲无情的蚕食，徒留下一声叹息，在时间的长廊里回旋，只把一些美丽的剪影留在了遥远的过往，留在了人们的假想里，留在了曾经的神话故事里。

"你耕田来我织布，你挑水来我浇园"。唯美的爱情，因为淳朴而隽永，因为执着而美好，它是留在人们记忆深处的暖，温暖着尘世间所有行将冷却的心，它用一抹最朴实无华的爱感召着世人；它用一双温柔的手触动着人的灵魂。爱，终将归来。

正因为在人们的潜意识里尚存着这么一份对美好爱情的神往，七夕的爱情才显得弥足珍贵，也才有了今天这个传统意义上最具浪漫色彩的节日。"衣带渐宽终不悔，为伊消得人憔悴"，牛郎与织女用责任、忠贞、含蓄、隽永，书写着天上人间最唯美动人的爱情故事，感动了一代又一代人。

今夜星光灿烂，今夜柔情似水。七夕的爱情，掩映在深情的面纱下，踏着一份心碎的浪漫从遥远的天际款款走来。七夕的爱情，唱着一曲古老的歌谣，从期待已久的心里款款走来，将七月的相思，凝结成忠贞不渝的种子撒向人间，撒向年复一年的浪漫金秋，撒向知爱懂爱的人们心中，流传千古……

这香，是岁月的沉香

桂子月中落，天香云外飘。仿佛一夜之间，桂花的甜香便溢满整个杭城，穿行于大街小巷，一转身一回眸，一抬手一举足，花香便盈满衣袖。

八月的杭城，空气湿漉漉的，微冷，却浸满了桂花的香氛，有风吹过，不知何处的桂香便四处氤氲开来，沁人心脾。金风送爽，从一个季节步入另一个季节，从青涩走向成熟，从炽烈归为宁静，经过了冬的蛰伏、春的明媚、夏的酷暑，一季桂香将秋天渲染得分外妩媚和妖娆。那甘之如饴的芬芳渗入每个人的心房，八月，也因了这缕幽香而变得分外的恬静与安详。

走进八月，便走进了思念的季节。桂花甘之如饴的芬芳漫延开来，微风过处，细密的花朵如细雨般纷纷坠落，洒一地的金黄银白。触景生情，那铺陈开来的，是窖藏在生命深处最纯洁的情怀，定格在这个浪漫的金秋。

每当花开季节，总爱置身于一片桂花林中，拣一处清幽僻静之地，回味旧时光。秋风吹在身上，已明显有了阵阵凉意，桂花的香便顺着这份清凉沁入心扉。谁也无法解释，桂花这细小的花朵，是如何酝酿出如此甜美的芬芳，抑或是积聚了毕生的精力，只为这一季绝美的绽放？

置身于初秋韵味悠长的意境里，尘嚣渐远，心静如水。流连于桂花林中，惊艳于桂花蓬蓬勃勃的刹那芳华，不敢忽视也不容忽视，生怕这一忽视便错过了花期，便，错过了桂花短暂的一生，便，又将是长长的一年……

"尘缘如梦，几番起伏总不平，到如今都成烟云。情也成空，宛如挥手袖底风，幽幽一缕香，飘在深深旧梦中"。在丝丝清凉的晚风中，忽然想起了这首熟悉的歌，便陷入了深思之中。人生如梦？尘缘如梦？是，不是？

夜凉如水的夜晚，一个人沉静在时光里，那缕缕暗香便悄悄地拥我入怀。我能感觉到秋夜的芬芳正顺着秋虫的呢喃爬上我的心间，空气中若即若离的香味，多像你沉稳的脚步，款款而来。这香，根植在生命最深处，是岁月的沉香；这香，是流年里值得珍惜的过往。

推开记忆的窗，昨天近在眼前。记得二十多年前那个十月，恰逢中秋与国庆相连，你把假期定在金秋，与我相约一起去千岛湖看桂花。同为性情中人，你和我一样，也喜欢秋高气爽，也喜欢桂香盈袖，因此我们总将万千相思，化作桂花林中的相视一笑。

千岛湖畔，风景秀丽，水润的空气里飘满了桂子的芳香，我们牵着手漫步在桂花林中，看湖水荡漾，看夕阳西下，说不出的缱绻柔情。微风吹过，细密的桂花如雨般纷纷坠落，就像下起了阵阵花雨。驻足片刻，不论是感观还是内心，都被桂花的凄绝与浪漫所感染，你忽而笑着问我：若干年以后，你还会不会记得今天，我们一同走过的花季雨季？

农家干净的院落，硕大的桂花树下支起一张小桌，一杯香茗一册书香，便是一个安静的午后。时光在桂花的香氛中默默穿行，精灵般的桂子不时地落下来，一粒一粒，落在杯中，落在头顶，落在肩上，落在你翻开又合起的书页里，我如此享受，抿嘴而笑。多么平淡而又恬静的时光，因为有你，生活便如此温馨，幸福便溢满心间。

天渐渐黑下来的时候，坐在繁茂的桂花树下，品着农家灶头上土烧的菜肴，饮着农家自己酿造的桂花酒，那一碗香醇蜜甜的桂花栗子羹，丝丝润滑，幸福的感觉那么轻易地拥抱着我。夜凉如水，你为我披上秋衣，你掌心的温度是我心中的暖。和着微醺的醉，桂花的甜香自心底潜潜而至。

所有与你一起相伴的日子，因这一季花香而铭心刻骨，所有与你一起走过的日子，因这一季花香而绵远悠长。那时，喜欢听林中鸟儿欢快地歌唱，那时，迷恋桂林深处那条弯弯的小径，那时，也迷恋你身上散发出来的淡淡烟草味，那时，更沉醉于你眉宇间那抹俊朗的笑意，那时的我是多么的喜欢默默地陪伴在你的身边，多么希望能和你在一起，细数流年……

伴青山绿水，沐习习清风，行走在青山绿水间，那些珍藏在生命深处的痕迹依旧鲜明。曾经过往，如细细的藤蔓，在老旧的时光里蔓延，在生命中盘旋。从这一季到那一季，经过时间的洗礼，被不断冲刷过滤，沉淀下来的，一定是幸福薰香的味道吧。虽然这幸福里，难免夹杂着丝丝遗憾与苦涩，虽然这幸福，是如此的短暂。但我依然相信，那是生活赐予的最美。

满城尽飘桂花香，阵阵秋风，在桂香的浸润下，变得越发清爽甘甜，心情也为之舒朗许多。生命中，那些得不到和已失去的伤感，在这一季花香的抚慰下，已显得不再那么痛楚。花落沉香，所有的一切随时光远走，被风稀释，留下的是经了岁月的缕缕清香，在风中绕。换一种角度去拥抱生活，换一种姿态揽桂香入怀，这一季，用感谢与知足迎向风中，有什么不能放下？又有什么无法释怀？

深深、深呼吸，在这个桂香四溢的季节，我品尝着洗尽铅华之后，生命赐予自己的甘之如饴。在秋阳西下的余晖里，我用心感悟着，幸福真正的含义。

谢谢你，亲爱的人，谢谢你陪我走过了青葱的岁月；谢谢你给过我难忘的回忆；谢谢你让我拥有一个个笔墨相依的寂静夜晚；谢谢你让我在时光深处，桂花香里，在我忆及青春年华时，还能握起，馨香一片！

红尘千载，且听风吟

踏着风的节奏，辗转于渺渺人生驿站，看人来人往、车水马龙随风绝尘。匆匆的步伐，试图一点一滴叩开炫目峻冷世界的外壳。风起风落，花开花谢，梦想的心灯明明灭灭，举目所及，仍是不曾相识的茫然。秋风乍起，倦怠许久的灵魂，再次被放逐在流浪的旅途。

喜欢风，因它随生而遇，永世相伴，不离不弃。孤独之时，沙沙作响的风语，款款入怀，有了它的陪伴，即便一个人去天涯流浪，也不会觉得孤单；混沌之时，丝丝凉意随风拂面，冷却无知冲动的烧结，有了它的陪伴，即便心智错乱，也不会执迷不悟；彷徨之时，帘卷西风，吹散眉弯，有了它的陪伴，即便阴霾蔽日，心路已断，也不会丢失方向。

我不知道它从哪里来，要到哪里去，也不知道它因何而来，因何而去。时光的隧道里，它存在了千年，亦穿越了千年。期间的冷暖，个中的磨难，无论是深重，还是沧桑，都由它独自承担。宛若前世预约的邂逅，只消一个照面，便刻在心尖，从此相互缠绕，相依相偎，彼此的世界都不再孤单。风起的日子，静静聆听它的浅吟低唱，风落的日子，默默细数风过的划痕。任微风撩起岁月的裙幔，蹚过飘香的温暖，漫过飞雪的严寒，直至生命烟消云散。

喜欢风，一直喜极了春风的妩媚。不管是伴着春阳，还是和着细雨，柔柔地，一如少女的纤纤玉指拂过面颊，那种酥麻的感觉直逼心扉。它，注定了就是春天的使者，夹带着春的气息，风情万种而又顾盼流连。它，跨过千山万水，婀娜了柳腰，晕开了桃花，托起了纸鸢，到处播撒欢歌笑语。那一刻，我宁愿做个追风少年，如影相随。

喜欢风，一直向往着夏风的不羁。此时的风，果敢，刚直，轰轰烈烈而无半点矫揉造作。炙日的曝晒，屈服不了它；酷暑的煎熬，奈何不了它；暗流的涌动，吓唬不了它。高压之下的它，默默地蛰伏着，酝酿着，不鸣则已，一鸣惊人。风卷残云，它以超人的力量拉开强大风暴的帷幕。电闪雷鸣，暴风骤雨，它用不羁的性格，蔑视一切不自量力的挑战，扫荡人间一切的污浊。那一刻，我宁愿成为夏风的一分子，席卷天下。

喜欢风，一直景仰于秋风的悲壮。为了下一个春意盎然，为了迎来崭新的世界，秋风割袍断义，毅然决然，横扫残枝败叶。"风萧萧兮易水寒，壮士一去兮不复返"。金戈铁马，狼烟滚滚，瑟瑟秋风唱响了诀别的挽歌，那份大义，那份凛然，时常让我为之动容。那一刻，我宁愿接受秋风的送别，我以我血溅轩辕。

喜欢风，一直陶醉于冬风的自由和空灵。冬日死寂般的灰色世界里，北风呼啸着，咆哮着宣示真正的主宰。挡无可挡，避无可避，卷起千堆雪，把那白色的精灵漫舞飞天，挂上光秃秃的枝头，为冬日铺上厚厚的底色。那一刻，我宁愿变成白色的精灵，与风共舞，享受那份安详而轻灵的自由自在。

风起了又止，止了又起。风的变幻，推动着四季的轮回。红尘千载，风还是那个风，微风，狂风，寒风，吹过悠悠千年，刮遍大江南北。从远古一路走来，见证多少日月星辰，参与多少沧海桑田。

文人墨客也一定是喜欢风的吧？不然，如此众多的诗词歌赋，怎会到处留下它的影子？"天苍苍，野茫茫，风吹草低见牛羊。""夜来风雨声，花落知多少。""林暗草惊风，将军夜引弓。""野火烧不尽，春风吹又生。"……无论古人抒发的是闲情逸致的雅兴，还是慷慨赴死的悲壮，风过有痕，风把它的灵魂留在了当时，激励了一代又一代仁人志士。

踯躅于这个五彩的世界，我独行了很多年，我曾尝试打捞每一份真诚和美好的愿景，沉醉在春风里不愿醒来，永远做个追风少年。可是现实总如岁月一样冷酷无情，这个看似美丽的世界，外壳是如此坚硬和可怕，污垢遍地，杂草丛生，想象中的美好一点一点地遗失，心，便有了莫可名状的痛楚。好想，有股暴风袭来，摧枯拉朽，重塑公平和正义，即便悲壮如秋风萧瑟。

红尘千载，且听风吟。不管东风压倒西风，还是北风驱逐南风，风已吹过千年。想来，开天辟地之时，集天地灵气的风乍起，先祖们应是何等的惊恐和膜拜吧。只是，千年之后，谁能想到我与它不期而遇，解读风语，为它大唱赞歌？风承千载，我为它书写万世。

窗外，风起，凉凉的，又一个悲秋！

时光如水，且行且惜

时光如白驹过隙，稍纵即逝。白驹过隙，一直觉得这个词特别唯美，蕴含着诗意之美洋溢着洒脱之气。因此这个词就成了年轻时候的最爱，常常用它来写作文，写总结，写出内心深处对时光一闪而过的浪漫感受。那些年少不识愁滋味的日子，那些不矫揉不做作的好时光，就像一张张封存已久的照片，留存在记忆的深处，常予我以最美的笑颜。

回首往昔，仿佛还能见到年轻时那个踌躇满志的自己，总觉得过去的时光就像是开在庄园里娇艳欲滴的玫瑰，释放着醉人的甜美，而自己便是那个拥有一切的玫瑰庄主，手握着大把大把的时光，在属于自己的一方天地里，笑看花开花谢，漫随云卷云舒，从来都不需要静下心来去顾及时光在流逝，也无须用心去领悟一寸光阴一寸金，寸金难买寸光阴这句话真正的含义。

然而，随着时光的流逝，仿佛眨眼之间，皱纹已悄悄地爬上了额头，青春也成为了遥远的记忆。时光如白驹过隙，当再一次引用这句不知被自己拿捏过多少次的话时，我突然发现内心深处居然有了一丝莫名的惶恐。沧海桑田，在时光兜兜转转中，岁月一圈又一圈地刻画着年轮，而行走在其中的我们，除了悄然改变的模样，是否已苍老了内心？

坐在冬日的暖阳下，读朱自清的《匆匆》：燕子去了，有再来的时候；杨柳枯了，有再青的时候；桃花谢了，有再开的时候。但是，聪明的，你告诉我，我们的日子为什么一去不复返呢？——是有人偷了他们罢：那是谁？又藏在何处呢？是他们自己逃走了罢：现在又到了哪里呢？

跌入文字的世界里，掩卷、沉思。

时光如白驹过隙，稍纵即逝。正如先生文中所言，过去的日子就像是针尖上的一滴水滴在大海里，滴在时间的流里，没有声音，也没有影子。那些逃去如飞的日子，如轻烟，被微风吹散了，如薄雾，被初阳蒸融了。

回首往昔，那匆匆而逝的三百六十五个日日夜夜啊，多像是船行走在平静的水面，泛起微微的涟漪，复又归于宁静。在我们恋恋不舍的眼眸中，岁月，冲淡了多少年华的记忆？

不知不觉中，一年的光景说走就走，感觉比翻一本书还要快。当日历撕得只剩下薄薄几页，蓦然惊觉，自己又站在了季末岁尾。踏着流连的脚步，那些在我生命里雀跃而过的日日夜夜，那些曾经拥有过的幸福、快乐、痛苦、迷茫，都一一成为了历史。

正如普希金在一首诗中所说："而那过去的，都会染上莫名的相思。"走过的三百六十五个日子，每一个匆匆的脚步，随岁月消失在时间的流里，也留在了我们记忆的海里，而那些曾经的怅然若失，也终将成为生命的历练。

时光如水，总是无言，在匆匆，太匆匆的感慨中，我们即将掩上2013的书卷。记得歌德有句名言："人之幸福，在于心之幸福。"那么就让我们怀着幸福去畅想未来，去感恩所有的一切。

感谢日出，让我拥有阳光的心情；感谢日落，让我拥有思考的空间；感谢家人，给我以平实的幸福；感谢朋友，予我以心灵的慰藉；感谢文字，伴我在漫漫的长夜；感谢命运，赐我以美丽的机缘，感谢信念，为我支撑起所有的希望……

新的一年即将来临，站在新的起跑线上，让我们怀着对时光的敬意，一起去静静聆听新年的钟声，一起去认真感悟生命的珍贵。让我们把最美好的祝福，当作对自己和他人的喝彩，让我们用最最虔诚的心向新年道一声：新年快乐！

愿时光不再被辜负，愿岁月不再成蹉跎，愿我们稳健的脚步，踏响在生命里的每一天！

第三辑　时光知味\人生一缕薄荷香

日子周而复始,我们失去的,永远是生命里不会重来的时光,那么,何不好好珍惜。把每一天,裁剪成一块洁白的棉布,用灵巧的双手,执一枚绣花针,把平淡琐碎的生活细节,绣在布上。绣上清风明月,绣上精美的花朵,绣上阳光的味道,再绣上雨水的清凉,还有光影的变幻,日月的更迭。

回味时光

生命的天空，缀满时光的星辰，那些忽明忽暗的时光碎片，折射着我们生命蜿蜒的足迹。点点滴滴，分分秒秒，不管是否在意，不管是否留恋，曾经的曾经，都成了回不去的过眼烟云。

时光，就像吞噬生命年华的黑洞，悄无声息而又摧枯拉朽。几声晨钟暮鼓，几轮日月潮汐，几度花开花谢，几回梦里梦外。一刹那，就把明天翻转成今天，一眨眼，就把今天蜕变成昨天，一转身，就把昨天尘封进历史的藩篱。时光如水漫过，岁月老去，生命凋零，沧海变桑田。迟暮沦陷了青葱，老旧征服了光鲜，空洞的时光隧道里，只剩若干隔空的祭奠。

时光的回味，像极了食草动物的反刍。不咀嚼，不知甘苦，一回首，伤痕累累。

快乐的时光，总是昙花一现，如沙漠里的雨滴般珍贵；幸福的时光，像春阳，抚平我们心灵的创伤；艰难的时光，像风霜，打磨着我们的棱角，把我们变成陌生的模样；孤独的时光，总是那么漫长，仿佛天上的星星和月亮；甜蜜的时光，像蜜糖，把我们的美好情感尽情释放……

相遇红尘，邂逅爱

流浪于时光的荒野，每个人都像拾荒者，寻寻觅觅，挑挑拣拣。我们行得匆忙，时光走得仓促。一边囫囵吞枣，一边大肆丢弃，等到来日所剩无几，竟然不曾记得时光本真的滋味。

或许，唯有孩提时代才是最为本真的时光。人生的扉页，如同线装的淳朴，没有经过尘世的沾染，没有来自生活的挤压，一切都显得那么自然和通透。自由自在，无忧无虑，依着父母的臂膀，合着时光的节拍，徜徉在属于自己的时光溪流里，满载鲜花和笑语，尽情地抒写时光的童话。这段时光，因为没有羁绊，所以自然；因为没有污染，所以清纯；因为没有欲壑，所以平和；因为没有压迫，所以也不会扭曲。

无情的时光，不会因眷恋而暂停，也不会因蹉跎而回放。当时光一层层地褪去我们青涩的外衣，当我们在短暂的青春岁月里恣意挥霍一回，生活向我们亮出了锋利的牙齿。

生活，本是时光的影子。然而生活的重载，让太多的人沉醉在影子里出不来，失去了自我。活在影子里的人，为了追求生活的完美，要么与时光为敌，典当一段年华换取另一段年华的繁盛，要么身不由己，无法独立支配自己的时光，使得时光生生扭曲变形。但是，影子装扮得再奢华，终归是一场华丽的梦。

岁月太沉，撑不起生活的全部载荷；时光太薄，兜不住情感的决绝流逝。时光的缝隙，写满各种各样的冷暖故事。人间的悲喜剧无时无刻不在上演，你方唱罢我登场，今日我是你的配角，明日你是我的道具，分分合合，聚聚散散，情节扑朔迷离，结局殊难预料。

时光深深浅浅地镌刻着年轮，又仿佛一块不知疲倦的橡皮擦，把流年的故事涂抹得支离破碎。不知是故事丰盈了时光，还是时光薄凉了故事。

时光是生命的碎片，随着生命的流失而湮灭。你的时光我进不去，我的时光你进不来，在薄凉的时光中，谁都无法抵御岁月的寒流。唯有采集一片时光，共同分享，相守相依，将温情相互传递，温润一段年华。

时常慨叹人生的不易，时常奢望浮生偷得半日闲。枝枝蔓蔓，纷纷扰扰，尘事和欲望就像蛛网一样牢牢把我们困在八宫中央，几人能挣脱？时光的宿命面前，我们每个人都是待宰的羔羊。

不如学仿陶公，寻几处世外桃源式的所在，偶尔放逐几日。好友不用多，三两个就成，风景不用绝，依山傍水就行，把盏对月，谈古论今，把茶喝淡，把歌听老，把风景悉数看透。

都说，生命如虹，岁月如歌，年华似锦，时光如炬。

当日薄西山，时光之炬将生命燃烧殆尽，对于曾经拥有如今往事成烟的美好时光，我们后悔否？

人生一缕薄荷香

走过山水从容,走过波澜壮阔,在无数离合与悲欢中挣扎,于无穷酸甜和苦辣里轮回,一天又一天,一页又一页。过去如蝶舞堆积,陈列旧年的梦;年华如烟月渐薄,泛着清幽的光。

总觉得人生,是一个又一个标点组成的句子,一个段落维系着一个段落,一个层次托举着一个层次。不管你身在何方,不管你心性如何,从降临人世的那一天起,就注定要在字与句之间徘徊,注定要用独一无二的笔触,在人生这张白纸上,写下属于自己的篇章,或浓墨重彩,或清清浅浅。

一撇一捺总关情,从不经意间落下第一滴墨开始,人生便有了取与舍的定义。几度花开,几度花落,几经周折,几许期盼,冗长的篇章被清风徐徐翻开,又被岁月续了又续。逗号、冒号、感叹号;问号、句号、破折号;一个又一个生动的字符,交相辉映,安放在人生必经的路口。是平静,是复杂,是快乐,是忧伤,唯心自知,而一切的一切,似信手拈来,又好像早已在命中注定。

闲暇之余,最爱读席慕蓉的诗:"在我们的世界里,时间是经、空间是纬,细细密密地织出了一连串的悲欢离合,织出了极有规律的阴差阳错。而在每一个转角，每一个绳结之中其实都有一个秘密的记号，当时的我们茫然不知，却在回首之时，蓦然间发现一切脉络历历在目，方才微笑地领悟了痛苦和忧伤的来处。"

多么形象而深刻的比喻，每每品读，都心有感触。那一个个绳结之中的秘密记号，是否就是人生路上内涵丰富的标点符号，记录着相逢一笑的喜悦，也书写着转身离去的悲苦？那蓦然回首之时清晰可见的脉络，是否就是生命历程中的机缘巧合，承载着人生种种可遇而不可求？那不断被刷新的纪录，是否就是人生的步履匆匆，讲述着光阴的故事，从一个层次迈向另一个层次，从一场约定奔赴向另一场约定？

一半明媚，一半忧伤，或许这就是人生最真实的写照吧。紫陌红尘，我们相遇着，别离着，得到着，又失去着，肩上的行囊承载着太多的喜怒哀乐。情不知所起，一往而深，站在世俗的风口浪尖，我们做不到在心里修篱种菊，却一样希冀能避开车马喧嚣，在心灵最洁净的地方，种花，种草，种上缠绕的青藤，来温润年华，来滋养无数个寂寂晨昏。

谁的内心，没有私密隐藏的角落，堆放着无法言说的感伤？谁的内心，没有不能触摸的痛点，任思绪在那里此消彼长？谁的人生没有孤苦无依的时光，莫名的思绪就像春日原野上的草，风一吹就长，雨一淋就密，从来由不得自己。可是谁，又甘心就此沉沦？

一喘息一偷闲，一凝眸一驻足，青葱的年华已涂满了苍绿，也只有在回首的刹那，我们才会发现，我们丢失的，何止是年华。尘世苍茫，我们更习惯于盼望，习惯于依赖，习惯于在心的原野，播种一粒叫作希望的种子。

或许人生，注定就是一个人的狂欢，一个人的孤独，一个人的行色匆匆，注定就是百感交集，五味杂陈，从来不由人。而我们想要的，总是在我们的视线之外，那么的近，又那么的远。

日复一日，年复一年，岁月划过指间，层层叠叠于掌心。于某个水晶帘动微风起，满架蔷薇一院香的午后，静坐于绿树浓荫里，翻开已然发黄的相册，听一曲旧时歌谣，蓦然怀念起流走的快乐时光，那些被自己珍视的风景，恍惚之中，绮丽着一份美，突觉一袭忧伤笼上心头，那淡淡涩涩的滋味，久久散不去，就像缠绕在指尖袅娜向上的青烟。

都说岁月是写在纸上的铅笔字，擦得再干净，也会留下痕迹。在有着灿烂阳光水样愁的年华，落花摇曳飞舞中，总有些嫣然心事自枝头飘落，那被文字渲染的忧伤，因为触及了内心，也就变得更加的触目惊心。

总是在想，究竟要怎样，才能抚平内心的伤痕，在烦恼来袭之时，依然能拥有淡定从容的笑颜？究竟要怎样，才能收获满满的感动，在孤独无助的日子，有勇气走过人生的风风雨雨？究竟要怎样，才能活出人生真滋味，让平淡无奇的生活，溢满光彩？究竟要怎样，才能弥补曾经种种，因无知或率性而犯下的错？

毕淑敏说：人生就是块格子布，好日子是白格子，坏日子是黑格子，黑白的分布大致是均衡的。而我们就是努力争取，把黑格子过成白格子，努力涤去黑色素，让日子过得清明亮堂起来。

其实，许多的故事不必说给人听，就当成是一段记忆吧，伤感也美丽。日子周而复始，我们失去的，永远是生命里不会重来的时光，那么，何不好好珍惜。把每一天，裁制成一块洁白的棉布，用灵巧的双手，执一枚绣花针，把平淡琐碎的生活细节，绣在布上。绣上清风明月，绣上精美的花朵，绣上阳光的味道，再绣上雨水的清凉，还有光影的变换，日月的更迭。

心存阳光，内心的阴霾就会随风消散，迎着暖暖的光，生命便会多一处清喜的水泽，黑色素自然被涤去，翻过一页，又是崭新的一天。活在当下，删繁就简，及时修剪掉内心横生的枝蔓，迎着微微的风，晦涩悄然退去，就可以把日子过成喜欢的样子。以平常心做平常人，遇见着一些欢喜，坚守着一些约定，生活，真的会云淡风轻。

人生一缕薄荷香，做一个薄荷样的人，保留一份清凉独特的味道，为一杯水的润泽而鲜活，让文字里的遇见，成就生命的美好。

拿什么来报答您

人生最大的幸福莫过于爱与被爱。

当许多人把爱狭义地界定为男女之情时，可曾想过，有一种爱，如盈盈月光，铺满我们生命的每一个角落，有一种爱，是潇潇春雨，滋养着我们生命的土壤。这种爱，虽无声，却是你最温暖的怀抱，最笃定的心安。

今夜，在柔和的灯光下，当我习惯性地端起母亲为我新沏的热茶，不经意中看见了母亲鬓边的白发，尽管她的笑容依然可掬，我却分明看到了笑容背后隐藏的疲惫。历经了大半个世纪的风霜，母亲还是那么地要强，依旧得体的穿着，依旧大方的行事，家里家外的张罗，大事小情的安排，但终究敌不过时光匆匆的脚步，时不时会手痛脚麻，时不时会染上风寒，甚至，有几回看到她兴致勃勃地坐在电视机前，却握着遥控器沉沉睡去。

不得不承认，母亲老了，老成了一座古旧的灯塔。

看着她消瘦的面容，心总不免隐隐地痛。我曾经如花的母亲，在柴米油盐酱醋茶的平凡琐碎里，在悄无声息的斗转星移中，垂垂老去，而不再年轻的我们，却还是她眼里未曾长大的孩子，被她百般地呵护着，宠爱着，习以为常地过着衣来伸手饭来张口的日子，却不知道如何去回报。

很想在时光的长河里打捞些什么，为自己和母亲留下些什么，可是每每提笔却又放下，因为我不知道从哪里作为切入点，才能写出母亲隐于平凡中的不平凡，也不知道我的拙笔，对不对得起辛劳一生的母亲。在我眼里，母亲就像一只吐丝的蚕，一辈子只做一件事，那就是守护着家和孩子，哪怕为此而耗尽心血，亦无悔无怨。今晚，在忽然心动的今晚，我只想踩着时光轴，回到母亲的岁月，回到旧日的时光，去解读我慈爱的母亲。

母亲出生在解放前，是一个地道的大户人家，家境殷实，土改前家里有田地布庄，有雇工佃户，几个叔伯长辈时任各地市银行的行长，而为人正派，精明能干的外公则被留下来打理大小事务。母亲从小生长在这样的环境里，耳濡目染外公的行为处事，她的眼界与格局总有些与众不同，这也是她一生为人赞赏、大气的所在。尽管，母亲终究没有享过多少清福，也无缘接受高等教育。

母亲的生不逢时，反而造就了她的倔强与聪慧，在有素养的哥哥姐姐指导下，她的文化水平一点也不逊色于别人。十四岁时，母亲就打得一手好算盘，做村里大食堂的会计，白天出工，晚上算工分口粮，从没有半点差错。成年后，她又凭着一本裁剪书和一把尺子，学会了做裁缝，她做的呢子服中山装件件笔挺，做的棉衣衬衫样式新颖，因此很受人喜爱。

二十三岁那年，母亲经人介绍嫁给了当兵的父亲，从此以后在城里落了根。儿时的记忆里，我们的日子虽然清贫，但却过得要比左邻右舍哪一家都滋润，哪怕是在缺吃少穿的年代，我们也不需要在饭里掺上杂粮来糊口，也不愁没有煤饼柴火之类的燃料，穿在身上的干净清爽，铺在床上的柔软舒适，这一切都归功于母亲的吃苦耐劳与持家有方。

在我的印象中，母亲从来没有自我，围着锅台操劳了一辈子，尽管她有许多次踏进工厂大门的机会，但终究因为放不下两个年幼的儿女而一次次放弃了，虽然在当时，做一个有固定职业的工人是多么地令人神往。

如此想来，我应当是一个不孝的人，这一生不知道惹过母亲多少的眼泪：生我的时候，母亲还在工厂上班，产假期满，不得已把我寄养到乡下时难舍的眼泪；我十几个月大时，因蚊叮虫咬引起细菌感染，患上败血症，命悬一线时母亲焦虑的眼泪；清创换药，漫漫康复期，在我惊恐的呼号声中疼惜的眼泪；百日咳时，母亲忧心忡忡，遍寻良方，无数个不眠之夜，无数次泪洒衣襟……

对于过去的艰涩，母亲从不抱怨，反而会在与我闲聊起往事的时候自责，说自己没有尽到做母亲的职责，没有一个好的体质，没有照顾好我，才使我体弱多病，经受了那么多的磨难。其实我知道，母亲给我不只有爱，而是生命的呵护，能给我的她都给了，不能给的她也想尽办法给了，如若还有不周，那就是我的不孝，让母亲平添了忧虑。

母亲怀我的时候，在东方红五金厂上班，强烈的妊娠反应，使母亲闻不得食物的气味，吃不下任何东西，从怀孕初期开始折腾到七八个月大，母亲苦不堪言，也没有想到要放弃过我。生我那年天气特别寒冷，那时候的冷不是一个形容词，就算是在温婉的江南，也是真正意义上的滴水成冰。本就虚弱的母亲受了风寒，患上了产褥热，病后再无半点奶水，是用奶粉把我养大。

产假期满，母亲把我寄养在乡下，每月十几块钱的糖和奶粉，外加抱人工资，相当于当时一个普工大半个月的收入，母亲节衣缩食，从不曾委屈过我半分。后来的一场大病，更是雪上加霜，在杭州儿童医院，面对昂贵的医疗费、护理费、营养费，父母异口同声，宁可债台高筑，也要用最好的医生最好的药。

母爱深深，何以为报？

记忆的画面被一页页翻过，我最愿意停留在小时候，回到儿时一家四口居住的小院，那时的生活虽然清苦，但是时光清宁，没有过多的烦心杂事。整洁的四合院，木质结构的老楼房，每天都充满了欢声笑语。早上，母亲送我们去上学，中午接我们回家，在冬日的暖阳下，吃母亲精心调制的饭菜，听收音机里说书人高一声低一句的解讲与评说，是多么的幸福。哪怕只是一碗拌着猪油的菜泡饭，母亲也做得有色有味，那碧绿的蔬菜，那白净细滑的饭粒，吃在嘴里满口生香。

炎炎夏日，母亲在井水里冰镇好西瓜，切好放在桌子上。寒冬腊月，母亲早早生炉做饭，热气腾腾的饭菜，诱惑着我们回家的脚步。只是那个时候到底年少，我很难体会母亲为我们所付出的辛劳，只是偶尔从梦中醒来，看到母亲还在昏暗的灯光下踩缝纫机，夜深了还坐在椅子上给衣服翘边锁纽扣眼儿，也只心疼地对母亲说一声，妈，你先睡觉吧，明天我帮你来锁扣眼儿，而母亲总是笑笑说，快睡吧，明天早起要上学的。

母亲没有读书的机会，因此特别希望我们能好好读，她深谙："万般皆下品，唯有读书高"这个道理，所以为了我们有一个好的未来，她竭尽所能，就算再辛苦也要供我们读最好的学校，她总是说，这一生，她没有什么值得炫耀的东西，唯有我们姐弟，是她最大的财富，是她生命里的宝。

女人固然是脆弱的，但母亲是坚强的。多少个春秋冬夏，多少次寒来暑往，母亲的酒杯里永远盛满了爱，就像那首被世人传唱的《母亲》那样，母爱无处不在，小到雨中的花折伞，小到入学的新书包，小到爱吃的三鲜馅……

成长的足迹，是幸福的叠加。春天，随母出行，看彩蝶纷飞，看花儿绽放，欢呼雀跃声中，童真的眼眸定格下万紫千红。夏天，群星璀璨，在温柔的轻吟声中，在蒲扇轻摇的习习凉风中，依偎着母亲的怀抱，安然入眠。秋天，夜，微凉，昏黄的灯光下，母亲灵巧的双手将无限关爱织进厚厚的毛衣，缝进密密的针脚。冬天，雪花飞舞，母亲的爱更是红泥火炉的暖，无微不至，暖入心怀。

买菜、做饭、洗衣、伴读，文弱的母亲日复一日，用温情撑起了家的半片天，用和风细雨，滋润着我们成长的每一步。

母亲的字典里，从没有重男轻女这个词，相反对我的照顾和宠爱要比弟弟更多些。小时候只要弟弟有的，就绝不会少了我，长大后，弟弟小有成就，母亲把重心更放在我身上。工作、学习、结婚、生子，每一天都有母亲的陪伴，每一步都写下了母爱深深。

母亲是平凡的，却又是那样的不平凡。她常常教导我们："作恶之人是磨刀之石，未见其损，日有所亏。行善之人是春园之草，未见其长，日有所增。"她信因和果，因此心地特别善良，不光对我们好，对亲戚长辈，对邻里朋友，她都舍得给予，谁家有困难，她都会伸出援手。她用宽容大度化解着各种矛盾，用真诚无私书写着至美人生，让我们即便在物欲横流的世界，也懂得把真情种在心田，不会迷失方向。

母亲是普通的，却又是那样的不普通。她用真情筑起坚实的堡垒，让我们心有所依，哪怕走得再远，也找得到心的归途。她为人通达，处事干练，当我们被烦心事困扰，情绪低落时，她的一席话总能为我们解开心结，让我们茅塞顿开。她热爱生活，也会用镜头记录下生活的点滴，还练得一手好字，闲暇之余，呼朋唤友，真正意义上的老有所乐，老有所养。

母亲就是这样，安于平常，也享受平常，她和普天下所有的母亲一样，用平凡讲述着平凡，用普通演绎着普通，用无悔诠释着真情的力量，用无私，做着儿女的榜样。在母亲的爱里一步步走来，在母亲的呵护下，享受着为人子女的幸福和快乐，我们，何其幸运。

门前老树长新芽，院里枯木又开花。不说时间都去了哪里，不说白色发际藏着多少情深义重，今夜，就着柔和的灯光，在不绝如缕的袅袅茶香里，涌上我心头的唯有这么一句话：我该拿什么来报答您，我至爱的母亲。

萱草花开

时常瞥见那样一种花，幽花独殿众芳红，临砌亭亭发几丛。淡淡的柠檬黄，总是悄悄划过春天的边缘，静静流淌于落英飞絮的喘息中。花梃细长而坚挺，从不与春花争娇媚；叶片葱茏而厚实，从不与夏枝竞苍翠。开时尽心尽力，落时化作护泥。

时常想起那样一幅画，和煦的风微漾，点亮了春绿，暖暖的阳光，柔柔地写在地面，莺飞蝶舞，碧油油的草坪上，年轻的妈妈缓缓地推着婴儿车，宝宝带着醉人的笑，进入甜甜的梦乡……

时常萦绕那样一首歌，"世上只有妈妈好，有妈的孩子像块宝，投进妈妈的怀抱，幸福享不了。没有妈妈最苦恼，没妈的孩子像根草，离开妈妈的怀抱，幸福哪里找？"歌声婉约，悠长，宛若春雨纷扬，潮湿着儿女们一道道迷离在阡陌红尘中已然干涩的目光。

花名萱草，人称忘忧，花意母爱，歌颂母恩。孟郊诗云："萱草生堂阶，游子行天涯；慈母倚堂门，不见萱草花。"

五月，空气中弥漫着反哺感恩的芬芳。一首首颂歌高低回旋，唱不尽母爱亘古绵长；一阕阕清词平仄婉转，吟不完母爱无私宽广；一篇篇美文脍炙人口，书不全母爱洁白高尚。站在时光的拐角，执一份期待,搂一缕春风,任感念之丝随风飞扬。

是谁,十月怀胎,一朝分娩,强忍剧烈的阵痛,把我们带进这个五彩的世界?

是谁,将甘甜的乳汁喂养,用温情的目光,甜蜜的微笑,引导咿呀学语,淡了梳妆,薄了铅华?

是谁,起早贪黑,含辛茹苦,任劳任怨,勤俭持家,任由沧桑写满脸颊,任由风霜染白乌发?

六月,当所有的花朵都羞愧地闭上眼睛,穿越千年的朝霞,萱草花开。一朵娇羞,似年轻时披纱的新娘,一朵鲜妍,似风霜中温暖的阳光。花开花落,仅仅一天的花期,恰如母亲们短暂的青春。昙花一现,原只为绽放母亲的美丽;繁华落幕,便是母亲操劳一生的开场。

犹记得,年少犯错,没有责备,没有打骂,一声安慰,一句鼓励,母爱如同那黑夜中的灯塔,指引着少不更事迷茫者的路。

犹记得,立业离家闯天涯,母爱织成的牵挂,丝丝缠绕温馨的家,片片包裹母亲深深的缱绻。那份担忧,那份焦虑,匆忙了岁月,望穿了秋水。

犹记得,偶染小恙,病榻前,母亲那双焦灼的眼神,恨不能瞬间燃烧了病灶。端水送饭,嘘寒问暖,殷殷之情,直击心底最柔弱处。

有人说，母爱是一首田园诗，悠远纯洁，和雅清淡；有人说，母爱是一幅山水画，洗去铅华粉饰，留下清新自然；有人说，母爱像一首深情的歌，婉转悠扬，低吟浅唱；有人说，母爱就像一阵和煦的风，吹去朔雪，带来春光无限。而我要说，母爱就是生生不息的原动力，随时随地驱动着儿女们前进的步伐；母爱就是生命之树的一汪泉，无时无刻不在滋润着儿女们干涸的心灵。

母爱，倾其一生相伴，无处不在；母爱，不离不弃，不因贫贱而逃避；母爱，是在灾难来临时，用柔弱的双肩，勇敢地承接，哪怕牺牲自己；母爱，就是把你养大，打开一扇窗，让你飞出去，然后又打开门，等着你回来……

而今，守候在岁月的渡口，记忆之舟早已超载，许多美好的事，溢出了便不再回来，唯有母爱，始终充盈在心怀，永不苍白。好想，轻踩年轮，翻转流光，重回母亲的膝下，静听母亲清哼一曲醉人的紫竹调；好想，强拗岁月之笔，抹平母亲脸上雕刻的沧桑，擦掉发尖的白霜，让那一头青丝重新闪亮……

萱草花开，让我们抽些时间，好好看一看我们的母亲花吧！她们对于我们，并没有什么回报的期待。如果，茎繁叶茂，请你，好好珍惜，多些担待；如果，正在凋谢，请你，多多关怀，少些索取；如果，已经枯萎，请你，祈求上天让她们静静安息。

萱草花开，愿天下所有的母亲幸福安康！

晚来天欲雪，能饮一杯无

红尘阡陌，人来人往。留不住的是时光，挽不住的是情意。试问真情几何？天雪泥炉邀酒！

"绿蚁新醅酒，红泥小火炉。晚来天欲雪，能饮一杯无？"相信白居易的一首《问刘十九》，会给所有读过此诗的人留下深刻印象，并且在心里感受到别样温情。

全诗简短素朴，没有华丽的辞藻，没有刻意的修饰，寥寥数语，就把冬日黄昏那个特定的场景定格在众人面前。末尾那一句深情的呼唤，馨香而耐人寻味。每每读这首诗，总感觉是在某个风雪寒夜里捧起一杯温热的酒，窖藏在时光深处的温润与美好，就会纷至沓来，在内心里，与某些不为人知的念想交织在一起，随诗的意境漫延，润泽芬芳。

不止一次，驻足在诗人馨香的笔墨里，仰望那可遇而不可求的人间真情；不止一次，流连在诗人营造的氛围里，体会着人与人之间难能可贵的在意与懂得；不止一次，将思绪放飞，随诗的节拍，走进那个暮色四合的黄昏，走进飘着酒香的屋子，走进诗人溢满温情的内心世界。

"穷则独善其身"，这是诗人的人生信条。作为一个内心丰富的人来说，避开车马喧嚣，远离官场纷争，幽居在乡野的时光，是修身养性的时光。当人生，以另一种姿态绽放的时候，生命，就会有更深层次的累积。一切仿佛都是静止的，一切又都在默默中生发。就像眼前这个萧瑟的冬天，简单、纯粹，却于无形之中，沉积下生命的厚重，蓄势待发。

黄昏天欲雪。冬日的黄昏，寒风四起，而欲雪之时，更是冷寂到极点。站在屋檐下，眼见天色越来越暗，而那一场酝酿已久的雪马上就要落下来，寂静的街道已空无一人，诗人淡然的内心，忽然平添了一丝惆怅。

折身回屋，炉火烧得正旺，不时有一星半点的火花从炭盆里飞出来，与空气相接触，发出清脆的噼扑声。桌上，那一壶新酿的米酒，散发着诱人的清香，清冽的酒面上，那几粒未被滤掉的酒渣，泛着莹莹绿意，如细小的蚂蚁游弋，这，更加触动了诗人的内心。

窗外地冻天寒，室内红炉生暖，几盆绿色植物在屋子的一角透着盈盈生机，寂静之中，还是寂静。要如何消度这寒冷的夜，又该如何不辜负这夜的静？一份心事在寒夜里弥散开来，化作淡淡愁绪，无语怅然。

如此静好的夜晚，若能和知心朋友一起，围炉夜话，再辅以米酒的甘醇，那是何等惬意的事？诗人的心里，豁然开朗。想起相交甚欢的友人，稍事片刻之后，在梅花小笺上写下了脍炙人口的《问刘十九》。

一直喜欢读这首诗，尤其是在寒冷的冬夜里读，倍觉温馨。雪的冷，炉的暖，酒的醇，情的真，强烈的对比，如闪电，把人间纷杂虚伪的幕帘击穿。

喜欢欲雪的黄昏，喜欢炉火的温暖；喜欢米酒的甘醇，喜欢友情的芬芳，喜欢人与人之间那种心不设防的真。那感觉，就像是在寒冷的夜晚，踏雪归来，远远望见，屋子里透出暖暖的光。那感觉，就像身在异乡，在某个转角，突然遇见阔别已久的人，那种亲切，不用多言，一切心领神会。

读诗之余，不由感慨。诗人何其幸运，能在森冷的寒夜，用如此简单的方式邀来相知的友人，不用半句客套，无须找寻理由，只那么轻声一呼，便有友人，如约而至，用真心来相守一份真情。如此真挚的友谊，要多少时间，才能累积起？如此可贵的情分，又要多少相惜，才能换来？

曾经，真情如此惹人醉。伯牙遇子期，一曲《高山流水》，成就了人间佳话。"巍巍乎意在高山，汤汤乎意在流水"，那遥远的琴音，穿透历史时空，温暖了多少人的岁月。管仲无限感慨："生我者父母也，知我者鲍子也。"一句懂得，胜过了万语千言。而当代文豪鲁迅，也为志同道合的友人瞿秋白写下了："人生得一知己足矣，斯世当以同怀视之。"

曾经，真情那么暖人心。竹林七贤，坦诚相待，全无心机的为人处世姿态；桃园结义，情同手足，生死相随的忠肝义胆。历史的天空，留下过一双双坚实的脚印，友情世界，留下过一幅幅动人的画面。

然而，时光飞逝，人心不古，情真意切终敌不过逝水流年。不知何时起，世间变成了名利场，虚伪替代了真诚，利益取代了良心，蝇头微利，蜗角虚名，左右着许许多多人的思维与言行。利益面前，人与人之间再没了真情与担当，人情淡漠之处，薄情寡义，屡见不鲜。

无意指责，也无权指责。只是多么希望有那么一天，世间变得如从前般纯粹，名利退去，真情复苏，人与人之间，绝无半点虚情假意，也无一丝利益之争，为人处世，都如君子般坦坦荡荡。

多么希望有那么一天，人人都能拥有真心相知，与不设防的朋友。人人都能够在孤寒之夜，寂寞之时，毫无顾忌地向真心朋友发出内心深处最真切的呼唤：晚来天欲雪，能饮一杯无？

你若盛开，清风自来

> 岁月静好，浅笑安然。打开记忆的闸门，仿佛又回到了那年那月那时光，仿佛又见到你送给我的那盆清香茉莉，在细雨潇潇的夜晚，所呈现出来的洁净和楚楚动人。
>
> ——题记

撑着花折伞，站在江南水乡高高的石拱桥边，看漫天纷飞的雨丝坠落在清澈的湖面上，我的心时常被深深打动。时间仿佛停留在这一刻，入眼的喧嚣与繁华化作风动而心止，有一些伤感随雨珠，滑落在静静的湖面上。

自在飞花轻似梦，无边丝雨细如愁。这雨，妩媚着江南的风景，渲染着诗意的浪漫，这雨，若秋叶纷飞，凌乱成斑驳的光影，散落在时光深处。

不知从何时起爱上了雨，喜欢在雨中漫步，喜欢雨丝轻拂，喜欢在雨地里呼吸新鲜的空气，喜欢在雨中缅怀曾经。每个下雨的日子，总习惯撑着伞去雨地里走走，看雨中凌乱的画面，看行人匆匆的步履，看雨滴落在水面上荡漾开来的圈圈涟漪，看雨打芭蕉心碎的浪漫。

行走在雨中，时常会联想起许多关于雨的诗句，伤感的、浪漫的、寂寥的、惆怅的，不同的雨渲染着不同的意境，不同的雨挥洒着不同的心境。雨打芭蕉是离愁，卧风听雨是凄迷。自古以来，雨似乎总与忧愁沾边，与寂寞有染，行走在雨中，善感的我们在不经意间也就沾染上了雨的忧愁。

"细雨湿流光，芳草年年与恨长。烟锁凤楼无限事，茫茫"。一个人行走在雨地里，想着你说过的一些话，心里会有莫名的怅惘。常常从伞底下伸出手去接飞坠的雨滴，总希望伸出的双手能够握住这一份薄凉，总希望掌心的温度能温热这一份薄凉。希望时光深处，依然有你。

抬头望天，总感觉漫天飘飞的雨丝，是阔别多年的你。时常会想起年轻时的自己，以及那个和我一样爱雨的你；想起飘着细雨的夜晚，我们在护城河边的凉亭里初次遇见；想起令我们叹服的影片《雨中曲》中男主人公吉恩·凯利在大雨滂沱的街头洒脱狂放的舞姿；想起你着一袭海魂衫行走在西山公园蜿蜒曲折的石级上的身影，想起城南、西山、铁路、道口，我们雨中漫步的欢声笑语；想起你临别时送我的那盆清香茉莉，想起你夹在信里寄给我的《纷扬的雨情》；想起烟雨蒙蒙的西子湖畔，我们一张张青春的合影；想起北山脚下，临别之际，我们冒雨种下的青松翠柏……

三毛说，不可说，不可说，一说就是错。确实如此，往事因为一个人的参与而变得不可触摸，那些与你有关的点点滴滴，也因为有你的参与而铭心刻骨。有时候会萌生一丝特别的感动，总觉得走在雨中，离你最近。有时候又会傻傻地，站在雨夜的街头，希望突然能看见你，看见你撑着伞向我走来，看见你站在我的面前笑容暖暖……

很想知道，在时光深处等待已久的你，是否还记得那个曾经被你叫作茉莉的女子，在每一次雨夜沉思的凝眸里，是否还会浮现出旧时的模样？

今夜，独坐房中，听深秋的雨敲击着窗棂，和着风声雨声，和着动听的音乐声，心中的你再一次飘然而至。轻轻晃一晃手中这杯茉莉花茶，袅袅升腾的水汽中，洁白的花朵在碧绿茶叶的映衬下显得越发的清纯与娇羞，那雅致的花香和茶叶的清香交织在一起，润泽的岂止是心扉。

细雨茉莉香。在这个细雨纷飞的宁静夜晚，当我在键盘上轻轻打下这行字的时候，思绪便化作漫天丝雨，在夜的空气中飘荡。前尘往事随手下的字符跳跃，在指间绕，在心头绕。

岁月静好，浅笑安然。打开记忆的闸门，仿佛又回到了那年那月那时光，仿佛又见到你送给我的那盆清香茉莉，在细雨潇潇的夜晚，所呈现出来的洁净和楚楚动人。曾经的过往总是在记忆深处，以固有的姿态，以从未稍离的执着提醒我，生命中有一种存在，叫曾经。

在这个下着细雨的深秋之夜，于时光深处，静静翻检刻录着曾经的点点滴滴，于岁月之中，俯身拾起关于文字的温暖片断，原来，时光静默碾过，在记忆的底片中日渐清晰的，还是原来的你。

今夜，思绪翩飞，想起我们以文相伴的日子，想起你为我诠释文字予人的魅力并鼓励我学文写文的点滴，想起你执着地牵起我的手在文学的殿堂亦步亦趋的过往，我一再陷入深思。慢慢打开那本珍藏多年的席慕蓉诗集，书的扉页微微泛黄的纸张上，那一行俊秀飘逸的行楷，依然散发着墨的清香：你若盛开，清风自来。

蓦然回首，岁月已老。老去的岁月多像这杯溢满芳香的茉莉花茶，经了风寒，经了沧桑，经了百转千回的磨砺，用一份厚重与练达，用一份执着与懂得，在岁月尽头散发着蕴含色泽的悠悠醇香。

你若盛开，清风自来。这一刻，当思念再一次袭上心头，我多么希望你能感应到，当我用心写下这些文字时，我多么希望在那灯火阑珊处，在回首的瞬间，看见曾经的你如和煦的春风，徐徐吹来。

雨夜听雨

"自在飞花轻似梦,无边丝雨细如愁"。雨夜听雨,似乎是一种轻愁,似乎是一种习惯,似乎又是一种享受,分不清到底是什么,可是分明喜欢也早已习惯,习惯了在这样一个又一个有雨的夜晚,一个人站在窗前,认真地听雨。

雨夜听雨,除了享受寂寞,更多的时候享受的是一份清静和安宁,享受的是心灵被净化的过程。在这个净化的过程中,雨,纯澈着心的世界。生活中一些烦恼、工作中一些压力以及某些莫名的烦忧,都会在这样的雨夜被冲刷,被洗涤,被释怀。

总习惯在这样的雨夜将心放逐,让自己在雨的洗礼中慢慢领悟生命的本真,享受远离喧嚣的宁静,聆听来自内心的声音,雨夜听雨,就这样慢慢地成为了我的习惯。很喜欢用习惯一词,因为当习惯成为自然的时候,雨夜的雨,便是我心之所依。雨夜的雨,是我孤寂时疗伤的药,烦恼时倾诉的人,雨夜的雨,伴随着我涤荡着我,也成全着我。

人很多时候总是生活在矛盾之中,总是在犹豫和憧憬的困惑中,彷徨。渴望热烈又惧怕热烈,享受寂寞却不甘寂寞,看似简单却又如此复杂;有很多时候面对错综复杂的人和事,束手无策;有很多时候又像走在一条世俗的单行道上，走不远，也回不去，烦恼不请自来，寂寞如影随形。

世界就在面前，生活无尽精彩，可依然会不快乐依然会孤寂。很多时候，明明展开的是笑颜，可眼底那一丝藏不住的落寞分明又背叛了自己的心，却又说不出那落寞究竟来自何方。是身在福中不知福，还是自以为是的清高和孤傲？答案显然不是。孤独或许是人的本能，是内心深处无人懂得的寂寥。

有人说，人之所以痛苦，是因为追求的太多，人之所以心累，是因为想要的太多，人之所以不快乐，是因为计较的太多。我不知道我的累和孤寂，是因为想要的东西太多，还是太过追求完美，或者说是太苛责别人，总感觉到一些人和事，是我所看不清的，因此而困惑，因此而迷茫。

有的时候也苦恼，不知为何，总觉得生活缺少些什么，越来越淡然的日子，让喧嚣的世界缺少了一些原本不该失去的美好。诚然，社会在不断进步，物质文明突显，我们享受到了许多物质匮乏时期意想不到的精彩，可物质文明却不同程度地苍白了精神文明，许多珍贵的东西在渐渐消失，僻如真诚，僻如友善。套用现在的一句流行歌词：真情可贵，真爱难寻。不知这种现象对于现今的我们来说，是得不偿失还是物超所值，无从判断。

尊重、珍惜、理解、呵护、宽容、懂得，这一系列曾经被人珍视的情操，慢慢地从人们的心里演变成了日常的口语。不少的人，为一己私利而不顾别人的痛苦，为不劳而获而沾沾自喜，为踩着别人的肩膀而扬扬得意，人性中的真、善、美被搁置在一边，人与人之间的往来似乎只是利益的体现，似乎已经忘记了这个世界上还有最美的情愫——那千金难买的真诚与友善。

很多时候，怕伤害却常常被伤害，怕寂寞又躲不开寂寞；很多时候，怕虚伪却偏遇见虚伪，怕周旋却又不得不周旋；很多时候想不明白，究竟要怎样，才能不被一些莫名的事所左右？

总爱在寂静的夜里，为自己泡一杯茶，在茶叶里放上几粒野菊米，于是茶叶的清香中，便夹杂进了菊的优雅。看一片片碧绿的嫩芽在沸水中缓缓地舒展、慢慢地下沉，细小如黄玉一般的野菊米，便在舒展的绿叶间滚动，给人赏心悦目的同时，还带来了一份平心静气的安逸。

茶，似乎是男人的专利，可如我这样的女子，也爱茶。茶不离手，好像已成了习惯。闲暇时、忙碌时、快乐时、忧伤时，总会有一杯清茶伴我左右。茶，温热着我的思想，温热着我的灵魂，温热着我的内心。更多的时候，茶对于我来说，是依赖。

依赖，多么恰当的一个名词。我想，任何一个人，不论坚强与否，孤独与否，内心都会有依赖，都渴望得到一份能够让自己信任的依赖，都渴望得到一个心灵的息憩之地，都渴望得到一片足以让自己沉醉的碧海蓝天，就像握在我掌心里的这一杯能感知到温度的茶。

依赖，成为了我的习惯，依赖，也是我心底的奢望。多么期待生活中能多一份如此依赖，少一份无情伤害，就如这手中的茶，这雨夜的雨，相伴相随，不离不弃，于无声处见真情。

在袅袅升腾的氤氲雾气中，在窗外沙沙的雨声中，茶和菊如此自然地融合在一起，散发着别样的清芬，那算不算苦涩中的升华？

雨夜听雨，听雨的旋律在夜色中奏鸣，在夜色阑珊中，一些事慢慢忆，一些人渐渐忘……

当时的月光

收你的信正是，月圆中秋
你说还记得，去年的月（我也记得）
今夜，月影凄凄，搁浅在天际

月还是去年，南方的月
想去年河畔，柳也妩媚，月也妩媚
而今夜窗外，竟没有一颗星
楚楚孤月，是我？是你？

月洒清辉的日子，总会想起这首小诗，想起青春岁月里那个曾经为我执笔作诗的你；想起共同走过的花季雨季；想起那年中秋，小河边妩媚的月和妩媚的柳。那一枚枚清晰的邮戳，记录下多少心动的瞬间。

又是一年中秋夜，站在开满繁花的树下，仰望高悬在天际的月亮，忽然间思念成河。那被月色叩开的思念啊，是秋水之湄瑟瑟的荻花，在向晚的风里轻轻摇曳。沐着月的清辉，迎着微凉的风，许多的往事便在月色中飞。

时光微凉，那一场远去的往事，明明灭灭，散落在书卷里的词章，让尘封的故事也弥漫起潮湿的气息。

人的一生，总有一些什么是属于前世的记忆，总有一些什么是无法预知的未来，总有一些什么是难以忘怀的过去，总有一些什么是无法紧握的温暖。沧海桑田，世事难料，人生兜兜转转，不知有多少人会记起青葱岁月里的，那一段难以忘怀的倾城之恋。

光阴的故事被续写了又续写，某些章节也被篡改了又篡改，可是在红尘深处独行，有一天你还是会发现，那被一轮明月唤起的，是恍若流水的诺言，是执手相看的泪眼，是红尘深处，以为早已淡忘了的，人和事。

"不是寂寞才想你，因为想你才寂寞"，打开手机，映入眼帘的是这么一行缱绻的文字，心，莫名地染上了忧伤。忽然无端地想起多年以前那个月圆中秋，想起从邮递员手中接过的那一张写满深情的明信片时，脸上飞起的红晕，想起你从遥远的海边发过来一句亲切的问候，我内心深处的，五味杂陈。

人生，总有难以言说的伤悲，不属于某年某月的某一天，譬如今夜，譬如当下。

今夜，天空一碧如洗，月光依旧如水，空气中弥漫着桂子馥郁的芬芳，此情此景，无一处不盈满幸福与知足的味道。可是善感的内心，分明被一丝不易察觉的惆怅左右，我知道，那是想你才染上的寂寞。

人生，百转千回，有许多的无可奈何，是欲说无从说，欲寄无从寄的，在渐行渐远的路上，我们总是边走边丢。渐渐明了，不是所有的遇见，都能在岁月的风里，抒写温暖的篇章；不是所有的过往，都能在记忆的窗口，悬挂悦耳的风铃，不是所有的寂寞，都能归纳成为赋新词强说愁的矫情，也不是所有的忧伤，都能被一声懂得抚平。摊开掌心，那一条条细密的纹路，是才下眉头却上心头的深深想起。

阡陌红尘，我们每天都在与无数的人相见，又在与无数的人别离，尽管如此，终究不会有太多的交集在心，也不会平白无故留下太多深刻的印象，直到有一天，遇见了红尘深处久违的你，一切便都有了截然不同的注解。

月上柳梢头，人约黄昏后。已经记不清当时的月光如何掩上心头，也记不起当时的感动为何会在晦暗的角落悄然绽放，只记得当年河畔，柳也妩媚，月也妩媚。

记忆深处，柳枝摇曳，当时的月光，透过婆娑的枝叶一泻而下。不远处，有秋虫低吟浅唱弹奏着一曲曲不老的神话。溶溶的月色底下，你亲手为我编织的柳枝花环散发着淡淡的清香，抬头，看见你温存的眸子里，无邪的笑容。

似懂非懂之间，多少烂漫的春光，被光阴无端地辜负，多少赏心乐事，被莫名地关在了尘世之外。今夜，漫步在月色底下，不由感叹起年华逝水，始知道，这世间什么都在悄然改变，而唯一不会改变的，是心底深处，那一抹无法割舍的温柔。

琵琶弦上说相思，当时明月在，曾照彩云归。今夜，徒步在月光下，我在心里呼唤着你。多想，掬一捧盈盈月光，为你洗去岁月的风尘；多想，剪一丝明媚秋阳，为你拂去经年的沧桑；多想，拢一段岁月，陪你细数似水年华；多想，盈一份淡然，与你一起走天涯。

时光如水，总是无言，数十年的光阴在微凉的秋风中沉沉浮浮，你的笑容，亦已尘封为往事中无法拨动的琴弦。不知心深处，那片片珍藏的记忆，是否就是你给的永恒；那点点积淀的忧伤，是否就是距离的伤痛？

繁华落尽的天空，总有一种纯粹的温柔历久弥新，沧桑岁月，总有一种思念随时光飘香，当隐隐约约细细碎碎的惆怅弥漫心际，你可知道，思念如一帘水绿的网将我捕捉……

听得时光枕水眠

听得时光枕水眠，总觉得这句子很唯美，寥寥数语，似神来之笔，于无声处带出许多耐人寻味的东西来，眼见得时光就在字里行间流转，悄悄地来了，又悄悄地去了，那一种笃定和惬意便在心里舒展开来，绝美无比。

顺着文字细腻的笔触，由浅入深，细细品味与揣摩，不由沉醉，心生无限遐想。那时光走过的路径上，曾散落过多少芳香的种子？那平静恬淡的背后，又穿插着多少撩拨人情思的妙不可言。

记得第一次读这句子的时候，是在一个寂静的寒夜。彼时，天空正下着密密的细雨，而我就坐在窗前的沙发上，品茗听雨。夜，寂静无声，只有雨打在树叶上发出轻微的沙沙声，渲染出一屋的寂静。随手从茶几上拿一本杂志来读，书的扉页，颇有深意的这句卷首语映入了我的眼帘，细细读来，那丝丝入扣的文字，不断地冲击着我的灵魂。内心里，有一种被时光抚摸过的痕迹，在这个潇潇雨夜，漫延开来……

想起那一回去古镇西塘，草长莺飞、柳絮飘舞。在如诗如画的古镇中穿行，粉墙黛瓦的明清建筑上挂着成串火红的灯笼，枕河而居的茶楼里飘扬着杏黄的酒旗，那深邃而悠长的古巷，让人忍不住联想起那个撑着油纸伞飘然而过的丁香姑娘。庭院深深深几许？画栋雕梁的闺楼前早已不见了小姐丫鬟的芳踪，只有那架秋千在风中独自摇摆，时光，已然走过。

行走在著名的烟雨长廊，听摇橹船咿咿呀呀的桨声划破一河的宁静，心生感慨。想象着雨点落满河面时，行人商贾在廊棚下怡然自得地行走，而那些文人墨客也一定趁着雨叩帘栊之时，忙着煮酒吟诗。河道弯弯，随处可见前后呼应的河埠，那串起古镇的石桥、平整光滑的石板路，无一不在向人们讲述着光阴的故事。时光，绵延着历史，一晃千年。

想起那一回去沈园，在这座著名的南宋园林里流连，亭台楼阁、小桥流水，无一不勾起心中感念，一幅幅画面在脑海中交相更替。"红酥手，黄縢酒，满城春色宫墙柳"，《钗头凤》平平仄仄的声调犹在耳边，偌大的园林却再也无处寻觅那两个为爱痴迷一生的人，只留下无尽的思念和凄美的诗篇在这座哀伤的城池里。

"城上斜阳画角哀，沈园非复旧池台。伤心桥下春波绿，曾是惊鸿照影来"。陆游与唐婉，用一生的执着守护着心中的爱情，虽然这爱如此苦涩，但是却又如此甘芬。他们用执迷不悔演绎着爱的传奇，用心灵的笔墨诗化着爱的永恒，也用至真的情怀诠释着爱的真谛：当彼此不能够再拥有时，你依然能做的就是让自己不要再忘记。时光，守护着爱情，永不老去。

想起去年冬天，坐在湘湖的亲水亭子里，享受着风的轻抚，虽时值隆冬，阳光却出奇温暖，天空也蔚蓝，而我身边不远处那一树蜡梅花正悄悄地吐露着芬芳。枕一湖碧水，渐入佳境，不由得想起生命中那一个个已然远去的日子，仿佛听见时光潺潺而过。

想起那一年，喜欢的人千里迢迢而来，也曾同游过这方山水，记得当时景区尚未开发，只是一片充满野趣的湿地。而今，数十年光景一晃而过，景区也早已成为一湖秀水、十里美景的旅游胜地。那时以为所有的来去停留必然锁定了对方，而时光，却带着深深的遗憾，不肯再为谁停下脚步。

悠悠时光流转，再没有青春能换沧桑，默默擦肩而去，夜已阑珊。今夜，伴着这首曲子，又一次想起了曾经叩动心扉的那句话。在历史的长河里，时光一晃而过，很多的东西早已被掩埋在岁月的风尘里。而我始终相信，经过岁月的洗礼，过滤掉不堪回首的杂质，在时光深处积淀下来的，一定是最值得珍惜的东西。

红尘纷扰，夹杂着太多的爱恨情愁，回首旧时光，感觉像是走进了章回小说里。"不以物喜，不以己悲"。在时光的流里，采一片诗意的芬芳，拥一份宁静入怀，随悠悠岁月，踏过千年。

听得时光枕水眠。那么今夜，就让我抛却所有的烦恼，沉醉在如水的时光里，采一片记忆的芬芳，拥一份宁静入怀，在岁月悠然的桨声灯影中，枕水而眠。

生命之轻，生命之重

生命的渡口，来来往往，明明灭灭。仿佛只消一个转念，一个个我们熟悉的背影已然悄悄地消失于路的尽头，如同秋日里的一枚枚落叶，渐次凋零在记忆的彼岸；又仿佛只在一夜之间，一张张鲜活的陌生的脸庞，像极了那些雨后的春笋，一茬接一茬地闯入我们繁杂而沉重的舞台，点亮我们孤独的心灯，与我们相伴，与我们悲欢。

到来，离去。生命的舞台，犹如旋转的木马，我们粉墨登场，我们溘然长逝。一尾尾生命，就像一则则美丽的传说，茫茫然不知故事的起点，却广为流传。

生命的篇章，拢天地为笺，捻岁月为笔，几撇几捺，一目了然。生命的历程，逶迤成云彩，铺满历史的天空，层次分明，绝不模糊。

有的生命，轰轰烈烈，光彩夺目；有的生命，庸庸碌碌，风过无痕；有的生命高贵如金，有的生命低贱如尘。生命如此相似，生命的质感却又如此不同。

也许，生命原是一场寻寻常常的旅行，有苦有乐，苦中作乐，一边探行，一边收藏美景；也许，生命只是一场普普通通的游戏，贫贱富贵，喜怒哀乐，全凭运气，发牌出牌，不断洗牌；也许，生命本是一场苦苦难难的修行，耐得寂寞，历尽磨难，出人头地，名扬天下；也许，生命就是一场分分合合的宿命，缘来缘去，聚聚离离，聚时相依，离时相思。

面对生命无情的流逝，我们总是黯然神伤。年华，就像窃取大好时光的贼，逃走得迅疾而又悄无声息，稍不留神，我们便会被遗忘在时光的无涯的荒芜里。

长大的背后，是时光冷漠宁静的脸。几天，也许只是生命中的一个墨点，我们留下鲜明的印记；几年，也许只是生命里的一个章节，我们昙花一现；几十年的花开花谢，弹指一挥间，却始终换不来真正的成长。懵懂和稚嫩，更像不散的幽魂，不时侵蚀我们的本真，蒙蔽我们的双眼。

生命之中早已存在太多的磨难，面对种种坎坷，我们终日惴惴不安。生命的长度，也许只有上帝知道，即便最最葱茏的生命，也有可能一夜凋零。这偶然的偶然，如同一道又一道的魔咒，成就了生命之轻的迷人诱惑。是做生命长河里微不足道的一粒尘埃，还是在短暂的时光里，做一颗耀眼的星辰，一切，由我们自己选择。

我们都是平凡的生命，因为平凡，我们卑微。因为卑微，我们懂得。我们无法承载生命之重，不敢把高贵的理想构筑在泥巴之上，因为卑微，更不会用谎言编织生命的花环，我们只会仰视着我们的敬仰，如同向日葵面朝太阳，我们只能在现实的围栏里，卑微地生下来，活下去。

看看那些小草吧，它们低贱到整天与尘埃为伴，终年风吹雨淋，可是，它们倔强地活着。因为只要活着，就能延展希望，可以把梦想埋在泥土下，掩在种子里，代代相传，只要觅得一丝机会，它们就能顽强地向天，向天宣示着不朽的生长，傲然地蔑视着主宰和权贵。

或许，果真有那么一天，我们终将修炼成智者，用锐利的慧眼，优雅地剥去生命华丽的外壳，击穿生命精髓的内核。但在此之前，我们徜徉在生命之河，擎生命之轻为橹，搏击生命之重，溯流而上，只为活着。

活着，便好。还有什么可说呢？

品读秋天

落霞与孤鹜齐飞,秋水共长天一色。如果把四季做一个鲜明的对比,我想秋,应该是一年之中最耐人寻味,最流光溢彩的阶段。

从繁花似锦的春天走来,历经蝉儿嘶鸣的苦夏,在一阵比一阵清凉的风中,秋,融点点感怀在心,将春情夏韵尽情打磨,调色成季节最美的色彩,悬挂在岁月的枝头。那海上生明月,天涯共此时的情深意长;那空山新雨后,天气晚来秋的清新优雅;那秋阳昊昊,层林尽染的唯美浪漫,那硕果累累,菊黄蟹肥的丰收丰盛,无一不书写着秋的静美与深远,无一不裸露着秋的真挚与情怀。

尽管秋,在不同人的心里有着不同的定位,或明快,或忧伤,取决于各自不同的视角,而我眼里的秋,分明是多彩多姿,美而向上的。一如刘禹锡《秋词》中所言:"自古逢秋悲寂寥,我言秋日胜春朝。晴空一鹤排云上,便引诗情到碧霄。"秋在我的心里,溢满豪情,深邃而辽远。

秋月如诗,秋景入画,秋,被无数美词包裹着,情深款款,沉稳干练,让每一个行走在秋天里的人,都能够感知到它的魅力无限。

季节的转换，总是在不知不觉之中，仿佛思绪还停留在燥热难安的日子里，空气中却分明有了丝丝清凉的味道，就在清喜掠过心头的一刹那，秋，已经真真实实地站在了我们的面前。此时的天空，开始呈现出水洗般的湛蓝，白云也有了奇妙的形状，旷野里，总有微风穿尘而来，带来细雨蒙蒙的问候，润泽的空气里，便慢慢落满了桂子的芳香。

桂花，清可绝尘，香浓远溢，无论其玲珑娇小的身段还是细腻甜润的清香，都堪称一绝。它是秋天送出的第一张明信片，随金风而来，遍布杭城的每个角落，就像一个痴心无悔的女子，一生只等秋风来。

仲秋前后，无数的桂花在金风中展开笑颜，那一树一树细密的花朵缀满枝头，金黄、银白、橙红、浅黄，开得那么灿烂，又是那么忘我。此时的杭城，满城尽飘桂花香，若非身临其境，你永远都无法想象，那浩浩的香，有着怎样摄人心魂的成分。

和许多感性的人一样，无数个桂花飘香的日子，我在现实与梦境中穿行，也曾效仿古人，临风把盏，在桂花酒的甘洌清醇中醉倒。也曾心血来潮，去满陇桂雨小坐，品一碗香浓丝滑的桂花藕粉或桂花栗子羹，也曾在月桂树下流连，透过婆娑的枝叶，让无数的想象插上翅膀。仿佛看到了广寒宫里寂寞舒广袖的嫦娥，看到了吴刚伐桂的身影，尝到了秘制桂花糕的香糯，闻到了月桂树下窖藏多年的美酒的芬芳。

更深露重之时，桂花随风飘落，密如细密的雨珠，此时若穿行其中，真是别有一番滋味在心头。不知那洒满金辉的桂花林，是否唤醒你太多的回忆，让你重回青葱岁月？沐雨披香，不知那飞坠的精灵，是否让你爱意丛生，在染上花香的同时，又染上了一地相思？

清秋的风，满载生命本源的美，是富有情调的。桂香四溢的午后，坐在浓郁的桂花树下，读一本好书或写几行温暖的文字，从来不失为一种至美的享受。品秋尝秋无须刻意，当茶香融进桂香，当暖阳洒在身上，当细密的花朵跌落发际，跌进掌心，清秋之美，已在其中。

"春江潮水连海平，海上明月共潮生"。随浓浓桂香而来的，是一轮圆圆的秋月。在普天之下所有人的心目中，那一轮圆圆的秋月是谁都无法取代的，它象征着幸福与美满，寄托着人们深切的厚望。月明中秋，寓意深深，因此皎皎月色下，也就有了但愿人长久，千里共婵娟的美好祈愿，也就有了月明人尽望，秋思落谁家的真切思念，也就有了请明月代问候的无限深情，也就有了无尽的期盼与等待。

或许，在无数望月之人的心中，能够同饮一江水，共沐一轮月，让月的清辉洒在相隔遥远的彼此身上，是另一种意义上的幸福，因此，中秋之月在离人的心中被赋予的神圣是可想而知的。可想而知，在渐冷的风中，被一轮明月朗照，内心会平添多少的慰藉，听不远处的草丛里，纺织娘"织织、织织"的低吟浅唱，和着晚风中花开的芬芳，内心又会被怎样的幸福填满。溶溶的月色底下，期许秋月能填补内心空白，有多少心儿在随着月色飞。

清冷的秋，因为落进了圆圆的月，而变得美丽无比，圆圆的月，因为生在清冷的秋，而变得富有诗意。秋，就像一首怀旧的歌谣，被岁月之手轻轻拨动，静美如斯。

秋，是高洁的。站在秋高远的天空下，最能感知到时光的消逝。忽而一夜，芙蓉花跃上枝头，那一树树花大重瓣，酷似牡丹的花朵，是否让你想起了《红楼梦》中，那两个与芙蓉相关的女子——黛玉、晴雯，柔弱的女子，无从把握命运，却偏要在污浊的世界里守一身质白，"质本洁来还洁去，强于污淖陷渠沟"，或许这正是秋的品性，展示给人的与众不同。

秋，是浪漫的。转眼之间，枫红芦白，河岸边一茎茎芦苇擎空而起，湛蓝的天空下，那如绿色屏风般绵延开来的芦苇丛，浩浩荡荡，雪白的花絮随风飘荡，仿若处子，用全身心演绎着一路白头的美好。那一杆杆芦苇紧紧相连，更像是心手相牵的恋人，正诗意满满地诉说着关关雎鸠，在河之洲的情深与浪漫。

秋，是知性的，枫叶流丹，层林尽染，霜叶红于二月花。秋天的枫叶，在重霜的染色下，愈加地美丽与红艳，那一枚枚火红的枫叶，是秋天寄来的信笺，让有幸收取的人，从一片叶里，也能读到生命的哲与思，读到人生的要义，读到坚定的信念。

冷雨敲窗的日子，蜗居在温暖的住所，想起夏日那一池碧绿的荷，在寒风中枯萎老去，心中不免生出些许感伤，待走近荷塘才发现，感伤亦是多余。荷虽老去，残败的叶子不再有昔日的光华，然而那裸露的筋骨里分明有着让人肃然起敬的傲。孤寂算什么，清冷又算得了什么，即使倒伏，抑或站立，历经风霜的侵袭，仍保有一颗初心，那不畏强权的傲，才是生命最内在的美。

山河岁月，谁的背影足够浪漫，谁就能开启风中那一坛醉人的米酒。

秋情如诗，秋景入画，秋，是至美的。喜欢它遥望夏日时那从容的一瞥，喜欢它在丰收的田野上那曼舞的华尔兹，更喜欢它的沧桑和澄明，总在花好月圆的那一刻，予我以莫名的惊喜与感动。

宁可抱香枝上老，不随黄叶舞秋风。唯有走过秋天，才知春天的魅惑太过肤浅，夏天的喧哗只是一场历练。站在秋天里，风骨铮铮，含蓄豁达，即使明天寒冬忽而光临，那又如何？

偷得浮生半日闲

宁静的午后，坐在阳台的摇椅上，捧一杯香茗，执一本闲书，顺手从茶几上拿几粒话梅来嚼，那略带咸味的酸酸甜甜溶入口中，刺激着味蕾，于是清淡之中便有了别样滋味。生活不也正如此吗，平淡无奇的日子，需要加入一些调味剂来充实，而闲暇时光的一杯茶一本书，不失为清浅人生至美的享受。

说起享受，作为一种时尚与必须，已经开始走向大众，在人们的心里或多或少地唱响。享受生命的过程，享受生活的乐趣，享受亲情的温暖，享受成功的喜悦，享受阳光的抚慰，享受孤独的清欢。享受多种多样，可是享受到底做何解，从来没有一个标准答案。生活中，有些人在酒桌上推杯换盏，有些人在书桌前泼墨挥毫，有些人争名逐利，有些人与世无争，有些人享受物质的刺激，有些人享受精神的奢华，不一样的选择，给享受做出了不一样的注解。对于我来说，闲暇时光的一杯茶一本书，便已足够。

偷得浮生半日闲，说到简约，忽然想起诗人李涉《题鹤林寺壁》里写的这句诗。偷，在文字上的理解应该是贬义的吧，可在这里，偷却极具感染力，成了点睛之笔。那放下负累的轻松愉悦呼之欲出，那回归自然的欢快情趣跃然纸上，那远离喧嚣的悠然自得洋溢其中。它丰富了诗人的内心世界，也让读诗的人浮想联翩：抛开世俗的纷杂偷来半点轻闲，需要怎样简单到极致的心境才能拥有？

偷得浮生半日闲，沉醉在诗人营造的意境中，思绪万千。不是吗？现实生活中不期而至的挑战与诱惑触手可及，沉甸甸的压力如何释放？竞争激烈的职场，无可避免的明争暗斗，心的负累如何解缓？生活中诸多的烦事杂事，也常常困扰着我们，内心的焦虑如何安抚？在丰厚的物质生活面前，该持怎样一种安静平和的心态才能弥补精神生活的缺失，又该持怎样一份简单豁达才能把快乐留住，让幸福不再是心中奢望？

我们的内心世界，就像用久了的电脑磁盘，自然而然会留下许多垃圾碎片，一些负面消极的情绪归拢在一起，无休无止地干扰着我们正常的生活，影响着我们的生活品质，影响着我们的生命质量。此时的我们，多么需要一个心灵空间，来缓解压力，来清除负面情绪，多么需要一处清静之地，把那些左右着我们的思维和行为的垃圾碎片统统格式化。如此，我们的生活才能过得有滋有味。

偷得浮生半日闲。滚滚红尘，没有一种快乐比得上内心的祥和，没有一种享受比得上内心的安宁。不妨试试，在宁静的午后，放下心的负累，到大自然中去呼吸新鲜而自由的空气，给自己展一个舒心的笑容；不妨试试，在匆忙的脚步里放慢速度，听风从耳边悄无声息地拂过，看云在天上优哉游哉地飘荡，给自己的内心寻一丝安宁；不妨试试，在一弯被风吹皱的江水面前，让心中诸事随江水东流，让阳光再一次温和地洒遍全身；不妨试试，在寂静的夜晚品茗听雨，在悠扬的乐曲声中，慢慢追忆慢慢沉醉，让心灵慢慢回归……

偷得浮生半日闲，是一种生活的姿态和品味。那么，何不让我们效仿古人，从现实的纷扰中解脱出来，回归到轻松愉悦中去，让简约淡泊取代熙攘纷杂，让宁静安详取代焦虑浮躁。让我们沐雨临风，用微笑面对生活的复杂，用从容化解心中的不安。携一份素雅拥一份淡定，再向时光要一份轻松惬意，让我们静静伫立，听风吹过，听花开放，留一份洒脱给自己，也留一份宽容给他人。

风吹过的味道

喧嚣了一整天的城市终于渐渐地安静了下来，寂静的窗外，听得见秋虫在喃喃私语，仿佛在讲述着一个又一个美丽的童话故事。宁静的空气里，忽然飘来一丝丝甜津津桂花的香味，袅袅娉婷，若有似无，那是生命中珍藏的味道，熟悉而又亲切。风吹过来的味道，温馨浪漫又不失典雅，恍若老旧老旧的时光里漏下来一丝温暖的光，在生命一个又一个轮回里，与无法抹去的记忆交相更替，绵长悠远。

与桂花结缘，缘起于二十多年前的金秋十月，那时的月光，那时的花香，一如今夜般美丽。今夜，就着这如水的月光，心中的思念也随着微风荡漾开来，清芬的芳香又一次唤醒了珍藏在心底的记忆。忽然就想起了你说过的一句话，你说要送我一片海，一片可以让我安宁的海。

透过淡淡的月光，你的笑容在月影里摇曳，若隐若现。情不自禁回望过去，仿佛又回到了那个桂花飘香的季节，那个芳香的十月……

记得那天，你从遥远的海滨城市来看我，除了送我盈盈浅浅的笑容，还给我带来了一只又大又漂亮的海螺，你说，你要送我一片海，一片可以让我安宁的海。你俏皮地把海螺放在我的耳边，要我听一听海的声音。也真是奇了，透过你手的温度，海风的呼啸和海浪的喧嚣在我的耳边回旋,我仿佛真的看见了那片海,那片足以让我安宁的海。透过海风的呼啸,我仿佛看见你,在海边寻寻觅觅的身影。

人生极其难得的,是彼此的相知与懂得。不得不承认,你是懂我的人,你知道我心中的向往。

海在我的心里,一直都是唯美的,小时候感知海,是在安徒生的童话故事里,长大了触摸海,是在海子的诗里,后来在一些电影电视剧的画面上,终于见到了让我朝思暮想的海,那一望无际湛蓝的海水、洁白绵软的沙滩以及在沙滩上依次绽放的朵朵浪花,无一不冲击着我的视觉,让我如身临其境,欣喜若狂。海鸥飞处云飞翔,总想有一天,有机会去看看海,去亲身感受一下海的诗意和浪漫、海的博大和辽远。

一个偶然的机会,认识了来自遥远海边的你。记得那时,你刚来我们这个城市不久,枯燥的军旅生涯,让你萌生了考报军校的念头,而作为学生的我,每天又打你的营房门口过。偶尔能见你笑吟吟地站在那里,也算是有点熟悉吧,直到有一天,你对路过的我说:同学,能否借一些备考的资料。

内心深处,一直对军人有一种特别的好感,再加上你那一脸认真的样子,我又怎么忍心拒绝。从那以后,我总是会按时给你一些学习资料,而你也总会在借书还书之际,给我说一说你的家乡、海的故事。一来二去,相同的情趣爱好让酷爱文字的我们结下了不解之缘,友情在我们之间迅速飞长。那时,我常从你的文字里,从你的谈吐间,读到不一样的海,才明白,原来海有时候是沉寂的……

今夜，微微的风拂过思念，让我再一次回到了我们曾经相遇相知的过往。时光总是匆匆地催人老，一晃二十多年过去了，这中间，我们经历无数，有欢笑也有泪水，而心中的你，也已经渐行渐远，淡出了我的视线。虽然到现在我还没弄清楚，是什么让我们分离，这中间，又是什么，让我们一错再错？可是，我仍然在内心里感谢你，感谢你曾陪我走过这一程，感谢你，给过我这么美好的一份记忆。

总会在寂静的夜里，翻开席慕蓉的诗集，那是我们曾经最爱读的诗。诗里刻录着我们的回忆，刻录着我们一去不复返的年少时光：在我们的世界里，时间是经、空间是纬，细细密密地织出了一连串的悲欢离合，织出了极有规律的阴差阳错。而在每一个转角，每一个绳结之中其实都有一个秘密的记号，当时的我们茫然不知，却在回首之时，蓦然间发现一切脉络历历在目，方才微笑地领悟了痛苦和忧伤的来处。在那样一个回首的刹那，时光停留，永不逝去。

今夜，微风过处，芳香依旧，而风吹过来的味道，让我又一次触摸到了那片海，感悟到了那片海，那片从不曾忘怀的海……

幸福像花儿一样

当新的一年如期而至，轻倚在季节的窗口，我仿佛听见了悬挂在窗台上那串紫色的风铃，在寒风的击打下，敲击出极其动听的叮铃声。而此时，那些匆匆的往昔，那些如意或者不如意的曾经，也都已随着新年钟声的敲响，而尘埃落定。站在时光的彼岸，我们倾听着，期盼着，那幸福花开的声音。

瑞雪兆丰年，老天也分外眷顾，难得下雪的杭城，在跨入新年后的第三天便飘起了2013年的第一场雪，那漫天飞舞的雪花铺天盖地，给大地披上了盛装，也将希望洒向了人间。这个冬天，人们的心里，也因为遇见了这场美丽的冬雪而变得格外美丽。

站在冬夜的雪地里，迎着彻骨的寒凉，听雪簌簌落下的声音，是一种幸福。此刻，那串清脆的铃音再度在耳边响起，与漫天飞舞的雪花交织在一起，随风，落进了我的思绪里。生命里那些关于流年，关于记忆，关于曾经，关于过往的片断，也如这漫天的雪花纷纷扬扬。

似水流年，有太多太多的感慨。很多时候在问自己，当时光不再，当错步而行，我们依然执着的，是否还是内心深处无法释怀的美丽？我们苦苦追寻的，是否还是记忆深处幸福的轨迹？我们不曾淡忘的，是否还是时光深处那个渐远的身影？

岁月如流沙，总是在不知不觉中让我们错失曾经。那些想要珍惜却来不及珍惜的东西，那些曾经追随却无法拥有的东西，那些捧在掌心却悄然滑落的东西，便如此真实地定格在了我们的记忆里。忽然想起了一句话：幸福是有颜色的。

走在落满积雪的小道上，听脚下传来的咔嚓声，我在心里求解着关于幸福的释义。如果说幸福是有颜色的，那么幸福到底应该是什么颜色？是雪样的白还是花样的红？答案是未知。眼前只有尽情飞舞的雪花，只有雪打在脸上麻酥酥的冰凉。

幸福到底是什么？凡俗的我们，总期望能够找到令自己满意的答案，然而幸福终究只是一个抽象的概念，也许只有在回首走过的路时，才会有最深刻的体会。岁月淡忘了曾经，但是我们内心执着的，终究是一种叫作幸福的东西，我们苦苦寻觅的，也终究是一种叫作幸福的东西。

那么幸福到底是什么呢？我想每个人的心里都有不同的答案，因为幸福是有刻度的，不同的刻度决定着不同的满意度。而如我这般平凡的女子，幸福便是时光静好，现时安稳的静美；便是执子之手，与子偕老的执着；便是上有老下有小的温暖相依；便是在喜爱的文字世界里流连，便是有朋自远方来，便是回首的瞬间还能够见到曾经的自己。

曾经看过一本幸福手册，对其中的一段话尤其喜爱：当我们被幸福平静包围着时，一些平凡的爱意，总被渴望激情浪漫的心灵忽略。可是幸福，从来就没有固定的模式，它在许多微不足道的动作里，在任何一种平淡无奇的形式下。花朵、浪漫不过是浮在生活表面的点缀，它们的下面才是我们平淡的生活。

是啊，花朵、浪漫的下面才是我们平淡的生活。人生如此之漫长，活着很简单，可是要让自己心有热爱，一直幸福地活着，却不是一件简单的事，因为热爱的前身，一定是敬畏，而敬畏的前身，一定是知足，知足的前身，一定是感谢拥有。

感谢拥有，便拥有了心的安宁。其实很多时候，我们是迷失在卑微里，很多时候，我们是失衡在现实中，而生活并不是想象出来的，它需要的也并不是卑微和怯懦。把心放平，把头抬起，当我们心有热爱尊严地活着，当我们知足常乐自信地活着，幸福就握在了我们的手心里，最低的尘埃也一样开满鲜花。

幸福像花儿一样，其实它一直都在。它就在我们的心里，在我们真诚的守望里，在我们自尊的言行里，在我们坚实的脚步里，在我们不弃的情怀里。

有什么样的朋友，就会有什么样的人生

人的一生，可以饮尽风霜雨雪食无肉，可以走遍千山万水居无所，但绝对不能没有朋友的相交相往，迎来送去。从咿呀学语到青春年少，从而立知命到垂垂老暮，儿时有玩伴，学涯有同窗，他乡遇故知，处事有琴音。老时若得深交三两个，必定夕阳无限好。

俗话说，一个篱笆三个桩，一个好汉三个帮。没有朋友的世界，一定是苍白荒芜的，没有朋友的旅途，一定是孤独寂寞的。没有朋友，孤单只影，孑立一身，就像弱弱的浮萍，无依无靠，心无存系，势单力薄。

人分三六九等，朋友也有好坏之分。好的朋友，可以是良师，可以是益友，可以琴瑟相和，也可以生死与共。坏的朋友，戴着诱人的面具，说着哄人的假话，行着损人的勾当，做着虚伪的事情，坑蒙欺瞒，无利不往。人这一生，得好朋友相伴，幸福无比，得坏朋友相处，不得安宁。许斐在《戒世人》中云："与邪佞人交，如雪人墨池。虽融为水，其色愈污。与君子交，如炭入熏炉，虽化为灰，其香不灭。"

曾国藩说："一生成败，皆关乎朋友之贤否，不可不慎也。"也有人说："看一个人，首先看他的朋友。"正所谓，物以类聚，人以群分。因此，交友必须得长一双慧眼，懂得识人，马虎不得。

好朋友之类，首推挚友。这种朋友重大义，义薄云天，为同道可许生死，虽肝脑涂地而在所不惜，实乃凤毛麟角，可遇不可求。如春秋死士要离之刺庆忌，荆轲之刺秦王，三国桃园结义而定天下三分。

良师益友次之，此类朋友往往不分男女，不分老少，生活中比比皆是。孟子曰："不挟长，不挟贵，不挟兄弟而友。友也者，友其德也。"朋友是一面镜子，反思自己，从朋友那里学习德、道、才，取长补短，方为交友之根本。远如管鲍之交，近如鲁迅之于瞿秋白，皆为后人所津津乐道，为良师益友之典范。

趣友，也即情趣相投、没有任何功利目的的朋友，又叫知音，只是因为有着共同的语言和爱好而走到一起，他也许不能给你帮上什么忙，也不常和你觥筹交错，却和你心意相通，有苦恼可倾诉，有快乐可分享。比如文友、驴友、乐友，只在某个方面有契合，但也能达到琴瑟相和的境地，好比伯牙之遇子期，遂有高山流水的千古流芳。

诤友，是那种直性子的朋友，敢说敢当，不善于阿谀奉承，只会直言相谏，是朋友中不可多得的一类好朋友。诤友，可以促使自己发现弱点，改掉毛病，少走弯路。比如魏徵之于李世民，周忌之于齐威王。

还有一类比较特殊的朋友，就是那些专门捉对交往的异性朋友，也叫红颜知己或者蓝颜知己。他们成双结对，既没有夫妻之实，又有别于一般的普通朋友，常常活跃于虚拟世界。他们往往无话不谈，并以彼此的情感作为心灵寄托。这类交往，大多为的是释放现实生活中的压力，超凡脱俗，但求心灵上的共鸣。比如林徽因之于金岳霖，也成为一段佳话。

孔子说："益者三友，损者三友。"同正直的人交友，同诚实的人交友，同见闻广博的人交友，便是有益的；同善于谄媚逢迎的人交友，同心术不正的人交友，同巧言令色的人交友，便是有害的。

所谓小人不可交。小人往往心术不正，喜欢投机钻营，首鼠两端，见人逢迎，背后骂人，四处摆弄是非，这样的人防无可防，只能退避三舍。

其次佞人不可交。奸诈之人，包藏祸心，巧言令色，到处害人。这种人见不得别人的好，以打击别人取乐，唯恐天下不乱。

再者势利之人不可交。诸葛亮说过，势利之交，难以经远。以势交者，势倾则绝；以利交者，利穷则散。重利之人往往轻道义，为一点蝇头小利，便可出卖朋友，不可不敬而远之。

交友难，难交友。遇到好朋友，千万莫错过，对待好朋友，须真诚坦荡，肝胆相照。君子之交淡如水，小人之交甘若醴。友谊不是过眼烟花，应当是陈年老酒，深喜浅释，绵长久远。至于那些坏朋友，防人之心不可无，且莫心慈手软，臭味相投。

俗话说，一千个人心中有一千个哈姆雷特。交友待人，各人有各人的脾性。但凡选择就容易出现偏差，不是失之于滥，就是失之于偏。但每个人都是自己的主宰，选择什么样的朋友，就会有什么样的人生。

第四辑　更深露重，谁念西风独自凉

这世间，有许多东西会卷土重来，唯有逝去的时光和错失的情感，永不再回来。透过岁月的缝隙，我们能够追忆的，不过是旧时光里曾经的片段。我们一忆再忆，最想要找回来的，也不过是那个曾经背手含笑的自己。

光阴的故事

流年日深，许多的往事已随风而逝，然而，总还是会有一些什么驻扎在心底。不管这些被叫作曾经的东西是华丽丽的，还是暗沉沉的，不管这些曾经是念念不忘的，还是模糊不清的，它都像一颗种子埋在土壤里，只待春风化雨，自然复苏。

总会在某个不经意的瞬间，被某个熟悉的场景，某句熟悉的话语，或者某个突如其来的念想所牵扯，随之而打开记忆的门。那被时光清洗得发白的往事，便如一枚咸咸的月亮，挂在遥远的天际，泛着清幽的光。

"中庭地白树栖鸦，冷露无声湿桂花。今夜月明人尽望，不知秋思落谁家？"今晚，当又一轮秋月挂上中天，中秋，这个特定的节日所蕴含的特有的气息便在夜的空气中弥漫开来。不知这一轮圆月，勾起了多少人的相思，寄托着多少人的牵挂。也不知这一轮圆月，承载着多少人的期许，埋藏着多少人的情愁。不知道又有多少双眼睛，正把它深情张望。

漫步在溶溶的月色底下，轻嗅着夜风中若有似无的淡淡桂花香，思绪就像被忽而拨动的琴弦，被一种叫作追忆的东西填满心房，怀旧的滋味在氤氲的夜色里随风荡漾。

抬头望月，低头弄影。耳畔仿佛有歌声传来：春天的花开秋天的风以及冬天的落阳，忧郁的青春年少的我曾经无知地这么想，风车在四季轮回的歌里它天天地流转，风花雪月的诗句里我在年年地成长。踏着音乐的节拍，走入时光隧道，那些一去不复返的青春岁月，那些被窖藏的熏香的记忆，那些因缘际会里的阴差阳错，那些日渐疏离的曾经美好，就像月色朗照，历历在目。

光阴的故事在眼前，被清风一页页翻过。

月洒清辉的日子，连记忆都变得如此清亮，仿佛撰写在心底的诗篇，在瞬间永恒。总想起年少时那个曾经为我执笔作诗的你，想起月色掩映下你纯真无瑕的脸。想起文字的世界里，我们携手走过的花季雨季，想起落在你眉心的点点忧伤。想起鸿雁传书的日子里，你随信寄来的一张张明信片，想起那年中秋，明月如霜。

记忆深处，刻满了你的影子，虽然这些影子早已被时光揉搓得面目全非，你的背影也早已淡出了我的视线，我们甚至都已经忘记了彼此的存在，然而，曾经拥有过的时光怎能抹去，那些被封存在记忆里的片段，犹如刺青，刺在心上，不管岁月如何漂洗，终还有丝丝缕缕的痕迹，透过月光朗照，影影绰绰。

记不起当时的月光，是如何掩上心头，也记不起当时的感动，为何会在心底绽放如花，只记得当年河畔，柳也妩媚，月也妩媚。

月光，从婆娑的枝叶间一泻而下，不远处，有秋虫在低吟浅唱，溶溶的月色下面，小河在静静流淌，清澈的水面泛着粼粼波光。你随手摘下几支柳，为我编织一个美丽的花环，那淡淡的香草味从鲜嫩的叶子里流出来，散发出十分好闻的味道。你年轻的脸庞，在一袭海魂衫的映衬下俊朗无比，你纯洁无邪的眼眸里，藏着一丝我当时看不懂的温柔。

从别后，忆相逢，几回魂梦与君同。数十年的光阴在微凉的风中沉沉浮浮，你的笑容，亦已尘封。这么近，那么远，怀旧的滋味，就像这铺了一地的霜月，虽然如此真实地落满双肩，可是，却怎么也触摸不到一丝温度。只有光阴的故事，在经年的风里，悄悄流转。

"发黄的相片古老的信以及褪色的圣诞卡，年轻时为你写的歌你早已经忘了吧，过去的誓言就像那课本里缤纷的书签，刻画着多少美丽的诗可是终究是一阵烟"。凉薄的风中，缥缈的歌声如一声声叩问，不绝如缕。光阴的故事还在上演，而那些曾经让自己深深眷恋的东西早已散落在天涯。

不得不承认，时间是一个魔法师，它让深的东西更深，浅的东西更浅。在时间的洪荒里，多少的人来人往，就像一阵风，来也匆匆去也匆匆。多少的缘起缘灭，就像是一阵雨，湿了又干，干了又湿。多少的相遇，只不过是过客飘萍，留不下一丝痕迹。多少的愿望，只不过是永无交集的平行线，永远也无法实现。

阴差阳错的故事，酿造出多少无从追悔的遗憾，飘如尘烟的往昔，又将多少痴情与梦想改写？渐行渐远的日子，渐行渐远的你，面对命运，我们从来都是那样的无能为力。无力抗争，无力改变，我们甚至无力到，要想握住一份温暖都做不到。蓦然回首，物是人非，细数生命的角落，从最初到最终，留在我们身边，值得我们回味的人和事，还有多少？又有多少东西，是握在掌心里的暖，是真正属于自己内心的归依？

不再是旧日熟悉的我有着旧日狂热的梦，也不是旧日熟悉的你有着依然的笑容。这世间，有许多东西会卷土重来，唯有逝去的时光和错失的情感，永不再回来。透过岁月的缝隙，我们能够追忆的，不过是旧时光里曾经的片段。我们一忆再忆，最想要找回来的，也不过是那个曾经背手含笑的自己。

今夜，花好月又圆。在清幽的月色底下，听光阴的故事，轻声诉说。抬头，我看见了冷冷的光，低头，我照见了长长的影。

一个人的行走

从本质上说，每个人的世界都是独一无二的。无可复制，无可替代，无法重来。前无古人，后无来者。换句话说，你就是你，你就是人间不一样的烟火。

你的微笑，是开在别人世界里友善的花朵，你的眼泪，是下在你的世界里刺痛的冷雨。你的快乐，是你的心房充满阳光，你的忧伤，是你的心海阴云密布。

没有人真的可以跟你感同身受。有的事，在你，几乎天崩地裂，在他，也许就只是旁若无事；有的人，在你，几乎痛彻心扉，在他，也许就只是轻描淡写；有些境遇，在你，仿若雷霆万钧，在他，也许就只是风平浪静。

在熙熙攘攘的人流里，每个人都是一只孤单的大雁。你的，就只是你的。你的爱，你的痛，你的恨，你的怒，你的冷，你的暖，全都揣在兜里，没有人会在意，也没有人想知道。在行色匆匆的脚步里，每个人都走得那么战战兢兢，谨小慎微，每一个步伐都踩着不可预知的前景，吉祥，抑或，陷阱。

面对峻冷，我们习惯了结伴而行。兜兜转转的旅程中，我们走丢了一部分人，又遇上一部分人。这些忙忙碌碌生命中的过客，来也匆匆，去也匆匆。都是因了某种机缘某种际会来成全丰满我们的人生章节，有些人是拿来取暖的，有些人是拿来成长的，有些人是拿来怀念的。

无论是流星，还是卫星，陪伴一时还是更久一些，终究都要被冷漠的时光拆散，无情地抛在身后，只剩我们孤独的背影。没有人可以陪你到最后，正如没有什么是永恒的。你终要面对一个人的时光，在凉飕飕的黄昏独自掌灯。

一个人，一路风尘，好与不好，都得自己承受；一身行囊，一程山水，喜不喜欢，都得自己行走。来世上走一回，不管是繁盛，还是荒芜，总得吃一点苦，遭一点罪，总得沐雨栉风，途经磨难。

一个人的时光是清冷的，孤独的。也许，清幽的心绪里还不时泛出五颜六色的寂寞。一个人的行走是残酷的，许许多多的困难横亘在路上，没有帮助，必须独自一个人去面对，去克服，去跨越。一个人的行走是磨人的，必须耐得了寂寞，忍得了诱惑。

一个人在路上，仿佛行走在原始的山洞中，伸手不见五指，没有任何踏实的东西相伴，只听得见低沉的野风沙哑地带走光阴，而你，始终找不到出口。

直面人生，坦然接受，亲力亲为，沉着淡定，别无选择。马德说，一个会思想的人，是不会被这个世界轻易左右了的。真正意义上的活过，其实,不是跟着别人走了多久,而是独自走了多远。

想想看,一个人的世界是自由的,澄澈的,看山是山,看水是水,连空气也没有那么浑浊。你有足够的时间独自思考,你有足够的精力冷静应对。想想看,一个人的世界是多么的安宁静谧,远离了喧嚣,掸落了风尘,你可以更为清晰地看清这个光怪陆离的世界。想想看,一个人的世界是多么的轻松,没有羁绊,无拘无束,许多素日里你看不到的风景,此时可以尽收眼底。

也许,在纷纭的世界里,我们个人的世界早已融化或坍塌。我们总是太在乎别人的反应,从而忽略了自己的感受。也许,我们总是太过在意别人的关注,从而忽视了对自己的审视。也许,我们总是太习惯了依赖别人,从而失去了特立独行。

清清朗朗的若干线条,简简单单的几个节点,勾勒出每条生命在天地日月下铸就的绝品,因此,每个人都是一部生命的传奇,每个人都是一篇生命的史诗,无所谓伟大,无所谓平凡。

生活本身千姿百态,是活成一朵花,还是活成一棵树,取决于行走的姿态。踩着别人的脚印走,无论走多远,都是活在别人的阴影里,活不出自己的风采。

终有一天,当一切尘埃落定,你是如释重负,还是意犹未尽,或者无怨无悔,完全看你一个人的行走。你是否可以说,走了那么久,终于走出了不一样的自己。

这么近，那么远

"如何能明白花易开心难改，谁能让春风满怀，我如此依赖没有任何替代，难道都是为了爱？"第一次听到这首歌时，我就被深深打动，不知是旋律动听还是歌词凄美，或者歌曲本身就发人深思，总之，在震撼的同时与之产生了深深的共鸣。我想，这应该就是文字的魅力所在吧。

花易开心难改，谁能让春风满怀？放眼四周，人来人往，可是心，却总会莫名地陷入孤单。谁是谁的谁，谁真正在意谁？谁是生命里的暖，谁又能让春风满怀？很多时候，人都有这样的困惑，都会这样孤独无依的吧。不然人生，哪里来那么多的不如意，又哪里来那么多的痛与悲？

人如潮，心如海，该将往事何处埋？人生在世，总会遇见一些人，经历一些事，有时候好不容易遇到了情投意合的人，也会在心里萌生出无限渴望，希望能结伴同行，希望能做一辈子的朋友。唯独没有想过，毫无保留地付出，是否承载得起心的依赖。唯独没有想过，这世上，有一种痛楚，叫情深缘浅。唯独没有想过，如此渴望的真情，到底有没有，如此依赖的情深，能够走多远。

人生是一场孤独的漫旅，很多时候是一个人独行。心无所依之时，也总会心生期许，也总会渴望有一份温暖随行，因此会情不自禁驻足张望，希望有一些遇见，会成为生命里的暖，希望有一些遇见，是自己永久的陪伴。可是人生，又哪里来那么多的如你所愿？就算想象的翅膀飞得多么高远，依然很难达成心中所愿，有些人，只隔着一个转身的距离，有些事，早已在天涯之外。

徘徊在期望与失望之间，默默地咀嚼着苦涩的滋味，心里的落差如此鲜明，此刻的心情，无法言喻。该将往事何处埋？

这么近，那么远，这就是人与人之间，心的距离。有些人，不是说珍惜就能够留住；有些事，不是说铭记就不会遗忘；有些情在相互交汇时便燃尽了所有的光华。时间在一路向前，于是，近的变远了，浓的变淡了，原本清晰的也逐渐模糊了，一些心情，便留在了岁月的长河里。

曾在一本书上看到过这样一段话，觉得颇有哲理：每一段感情的发生与结束，其实都是场记忆的战争，受过伤害的，必将在新一轮关系的最初就迟疑恐惧，甚或仓皇退缩，因为他记得那么清楚，他害怕的，不是眼前的人，而是过去的事。

确实如此，人生若只如初相见，何事秋风悲画扇。初见的美好总敌不过时间的流逝。不经意间，最初的最真已消失在时间尽头。回首来时路，有些情感总不免让人心生恍惚，有些失落总会悄悄爬满心间，有些痛楚会不分场合地噬咬自己……

其实，任何一种情感都必须建立在平等的基础上，这中间还必须穿插着一种叫作尊重的东西，揉搓进一种叫作珍惜的情愫，唯有悉心地呵护才能让情感久长，也才能历久弥新。行文至此，忽然想到了一句歌词：人生已经太匆匆，我好害怕总是泪眼蒙眬。是啊，人生已经太匆匆，谁都不想再泪眼蒙眬。

对路过我心的朋友，我想说的，依然是这样一句：是朋友就彼此珍惜，一路相随，是过客就不要相遇，无须逗留。

红尘嘈杂，随缘而行。不去想完美究竟有多美，但依然会坚持做最真的自己，依然会保持内心的本真。如果我的坚守不合时宜，我会选择悄悄离去，如果我如此在意的情感只是敷衍，那么我情愿放弃，我宁可孤单。

得之我幸，失之我命。行走在绿水青山间，我如此期待，将心中事都甩开……

何处合成愁，离人心上秋

人生有许多无助与凄美的瞬间，是一夜秋风的悲歌。

站在细雨纷飞的街头，看梧桐树叶在秋风秋雨中如折翅的蝶翼纷纷坠落，铺满阶前的小径，内心深处忽然有了一丝隐隐的疼痛，为片片落叶的哀伤，为曾经葱茏的过往。就那么无端地想起这样一句话："以前那些说过永不分离的人，如今早已散落在天涯了。"简简单单的一句话，道出了人生莫大的荒凉。

无可否认，人生是一场孤独的漫旅，作为一个独立的个体，有许多的路必须自己一个人走，有许多的痛必须自己一个人扛。无论过去是多么的辉煌，无论曾经有多少的拥有，终究也逃不过十字路口向左向右的命运。

山高水远，有多少荒凉，就有多少失魂的无奈；有多少冷漠，就有多少落魄的无奈。坐在孤独的一隅，你且细想，有多少邀约同行的人，已经在不知不觉中淡远了身影，有多少长相厮守的人，被阻隔在了岁月的门外，有多少俯首可拾的美好，错落在踉跄的脚步里，有多少欲说还休的话语，尘封在了遥远的记忆里。

当花瓣离开花朵，香消在风起雨后，那眼中一定是含着悲伤的泪吧。那么，当叶子被生生扯离枝头，坠落在烟雨之中时，那心中也一定饱藏着深深的悲。

梧叶纷飞，在常人的眼里，应该是写满诗意的浪漫，可是在离人眼中，却包含着太多的伤悲。离愁别绪，像一把闪着寒光的刀，冷飕飕地一闪，便可将曾经过往切割得支离破碎，浓情过后，面对着一地残留的记忆，又怎么不叫人肝肠寸断？

缘分是无根的萍，风来即至，风去便远。伤感，在你转身离去的那一刻。

何处合成愁，离人心上秋。时常想起那一段段令人开怀的时光，那曾经安放过自己所有的快乐与悲伤，被自己珍视了又珍视的时光，时常想起那一个个溢满真情的日子，那曾经给予过自己温暖的依傍，如今却不知飘向何方的友人，时常想起生命的回廊里，那一句句，写在风中的誓言……

"人生若只初相见，何事秋风悲画扇"。三百多年前，纳兰容若用饱蘸痛楚的笔调，写下了这行行泣血的文字，将"泪眼问花花不语"，"无可奈何花落去"的伤痛泼洒在字里行间。三百多年后，我们依然循着这份痛楚，感受着人世沧桑，感受着人情冷暖。那悲与欢，酿成了心里深深的痛，那聚与散，织就了生命深深的哀。

转身离去的背后，是泪流满面的痛楚，可是人生，真的有太多的身不由己，是拾不起也放不下的。

想起了《红楼梦》中，怡红公子的《红豆词》：滴不尽相思血泪抛红豆，开不完春柳春花满画楼，睡不稳纱窗风雨黄昏后，忘不了新愁与旧愁，咽不下玉粒金波噎满喉，瞧不尽镜里花容瘦，展不开的眉头挨不明的更漏，呀，恰便似遮不住的青山隐隐，流不断的绿水悠悠……

是啊，谁说不是呢，人生有太多的哀愁，是遮不住的青山隐隐，流不断的绿水悠悠。

不由想起了那场发生在雾都伦敦的旷世之恋。谁都知道，林徽因是洒在徐志摩心头的明月光，是用尽青春只为寻你的彼岸花，是不惜付出生命的代价也会全力以赴的人，可再明亮的月光，终究也只是偶然倒影在他的波心，终究因为不在同一个方向同一个频率上，而在转瞬间消灭了踪影。

"我将于茫茫人海中访我唯一灵魂之伴侣；得之，我幸；不得，我命，如此而已"。他将民国的诗情和浪漫背负于身，令无数的名媛佳丽为之倾倒，可是他一样有"爱、别离，求不得"的痛楚，一样有"人到情多情转薄，而今真个悔多情"的深深遗憾。

所有流过的泪，都是爱过的证明。人生无常，有许多的情非得已，正如四季变换，有许多的冷暖交替。在长长的一生里，欢乐总是乍现就凋落，走得最急的总是最美的时光。

无论陪伴一时还是更久一些，终究都要被冷漠的时光拆散，无情地抛在身后，只剩下孤独的背影。没有人可以陪伴你到最后，正如没有什么会是永恒。你终究要面对一个人的时光，在凉飕飕的黄昏独自掌灯。

秋雨梧桐叶落时，满目凄凉意。不管你愿不愿意，秋，终究越来越深了。在寒风肆虐的街头，在梧叶纷飞的雨里，美，稍纵即逝。此时此刻，是什么占据了心扉？是慌乱，是伤悲！

人生匆匆，皆过客。茫茫人海，谁是谁的唯一？缘起缘落，谁是谁的温暖？擦肩而过，谁又为谁停下了脚步？也只有在孤独的路上行久了，才会发现，陪伴是最长情的告白。

一直相信，世界是自己的，与他人毫无关系。无论生命短长，爱与不爱，以哪种方式开始又或结束，都值得尊重，值得感恩。

一直相信，如果风会记住一朵花的香，那么雨一定也会记住一朵云的洒脱。

一直相信，如果时光有情，你一定会记得，这片片落叶的深情，以及那曾经葱茏的枝头，叶子与叶子的相逢。

谁念西风独自凉

时光如白驹过隙，缥缈的思绪尚停留在江南唯美的春景中，流连的脚步正辗转在清香四溢的荷塘边，高远的天空下，似乎还能够听见那一串串嘹亮的鸽哨由远而近划破天际，极目远望，那些被无数文人墨客所赞赏，留下千古佳句的桂花雨刚刚洒落在秋深处，片片枫红杏黄仍似在枝头炫舞，时光，已由浅入深，在我们恋恋不舍的眸光里，顾自跃入了冬的门槛。

进入冬季，寒风肆虐，似乎越强劲越显得它有威力，越狂暴越显得它有个性。寒潮一路狂卷，熟悉的风景在它的侵袭下悄然隐退，温暖的记忆也被寒风撕扯得支离破碎。而严冬的脚步却依然不管不顾，一个劲地往寒地里赶，接二连三南下的冷空气，就足以让万物于瑟瑟中呈萧条。

北风萧瑟，强劲而凛冽，路两旁高大的法国梧桐，金黄色的银杏树，在寒风强劲的攻势里迷失了方向，失控了一般地狂飞乱舞。枝头，那些曾经和它们一起装点过最美岁月的叶子，在寒风肆虐中日渐枯萎，和着记忆与时光，纷纷从枝头跌落……

泪眼蒙眬，身归何处？风中，写满了离别的哀痛。而寒风，却依旧不管不顾，就像一位歇斯底里的怨妇，不肯做半点收敛。那横冲直撞的蛮横，昭示着不达目的誓不罢休的执拗，恣意而张扬。可怜的叶子，在风的淫威下，来不及和树做一次深情的拥抱，便被强行拽下枝头，再也做不回曾经的自己。

"何处合成愁，离人心上秋"。看着任狂风席卷的飘飘落叶，一些思绪在这一刻被撩拨起，离愁别绪占满了心房。

总觉得叶子的离去，是生命沉痛的哀，写满了难以抚慰的伤。这世上，还有什么比被放逐和无法追更令人痛彻心扉？内心深处，有一丝伤痛被点燃，忽然有落泪的冲动，竟然想到了人生。风，仿佛自心头吹过，顷刻间便有了彻骨的寒意。循着这份寒意，于季节深处回望，发现温婉的内心，早已不再是旧时模样，那些美丽的梦想，也早已随岁月远走，被记忆风干。幽居在心里的，是莫名的失落与惆怅，在里面盘根错节。

或许心，真的是苍老了。不得不承认，很多时候与回忆相伴，会从心里滋生出许多别样滋味，泛着涩涩的苦味。那是牵不住时光的手，却又很想要追赶上它脚步的怅然若失；那是握不住掌心的暖，却偏偏执意相迎无限期待的愁肠百结；那是站在繁华落尽的街头，看人潮涌动，看过客匆匆，在别人的故事里笑着流泪的心痛心酸。

许多时候，一些念想藏在心里，无人能诉；许多时候，一些思虑放在心里，无法言说；许多的话，也只能说给自己听。许多时候会莫名其妙触痛心底，就如悲秋的寒蝉，有顾影自怜的伤。不得不承认，笑容的背后，藏着深深的哀愁，倔强的背后，有着无言的伤悲。不得不承认，心深处，那美好的憧憬与向往，仍如坚韧的藤蔓，在心底攀爬。

然而，毕竟时过境迁，内心的激情早已随夏日远走，纵使有许多的不甘与不舍，也只不过是一时的意念，很快就会被现实击碎，被自我否定。因为苍凉的内心，已经懂得了理想与现实的距离，也明白了什么可为，什么不可为；因为时间已经将一切改变，不会再给你任何机会。你会发现，许多东西是命中注定，除了接受你别无选择；许多东西已然离去，不是你想找回来就能找回来，不是你想在，它就会在。

捡一枚落叶于掌心，顺着叶面上纵横交错的脉络，细细抚摸。从叶柄到叶尖，那条理清晰的纹路里，承载过多少生命的厚望？那细致紧密的脉络里，承载过多少心的希望？那一个个经风沐雨的日子，又刻画过多少成长的痕迹？而今，那些在脉络里依稀可辨的曾经过往，再也无从梳理，无法延伸。多少心酸付给了流水，多少心意还悬在枝头，而梦想已然跌落在现实的泥沼里，何处寻觅？

于夕阳西下之时，读纳兰容若的《浣溪纱》："谁念西风独自凉，萧萧黄叶闭疏窗，沉思往事立残阳。"心也为之一震。仿佛看到了三百年前那个才华横溢的痴情男子，在如血残阳下孑然独立的身影；仿佛看到了他紧蹙双眉，正泼墨挥毫，将满腔凄苦书于文字；仿佛看到了他内心深处无可名状的深深哀痛："爱别离，求不得。"而同样的伤感，也仿佛照进自己的心里，如此清晰、明了。

"我是人间惆怅客，断肠声里忆平生"。纵然衣食无忧，纵然外表光鲜，可是又有谁知道，那华丽的背后有着怎样的哀痛，无从悔恨……岁月，终究要被阻隔在时光之外，一如眼前这幅经了烟熏的山水画，终究是丢了色泽，老了容颜，只留下许多抹不去的痕迹，让你走不进，也回不去。

一直以为，岁月教会了自己许多东西，也慢慢学会了淡看年华。然而在这个寒冷的冬日，在梧桐叶一旋半转的风中，顾影自怜的自己，被风迷乱，忽然有一种想要落泪的冲动，我知道，那是季节写下的不舍。心里，有一种莫名的思绪被点燃，在这个寒风萧瑟的夜晚，忽然无端地想起一些人，想起一些事，想起人生若只如初相见这句话来。

很想，捡一枚落叶做成书签，让叶子的清香伴着书香，混合成生命中优雅的味道；很想，捡一枚落叶制成风景画，悬在岁月的枝头，让我抬头，就能看见那一抹枫红杏黄；很想，捡一枚落叶做成标本，留下一些永不消逝的东西，丰满单薄的记忆。很想，很想，将永恒书写，将隽永深种，然而，我去哪里寻找，那一枚枚飘零的落叶，那一句句风中的誓言？

不得不承认，时光无情，它一直在悄无声息地发生着改变，改变着我们的人生，改变着我们的心境，也改变着周遭的一切。从最初的美丽温婉到现在的寂寞沧桑，从最初的踌躇满志到现在的心灰意冷，从充满幻想到无语问苍天，常常，连自己都难以置信，然而，又如何？那些篆刻着的曾经，那些丢不下的曾经，那些改变了自己命运的曾经，早已走远，成为你心底的痛，你握不住的暖，再也拼凑不出完整的画面。

看着纷飞的落叶，也终于明白，叶之飘零，迷乱的不只是人心，它平添的，是物是人非的伤；寒风肆虐，抽离的不只是身上的温度，它剥离的，是人心上寄予真情的暖。在岁月中穿行，终于明白，那些刻骨铭心的红尘往事不过是苦乐年华清浅的一笔，所谓的一生一世，也不过是存放在心灵深处的一缕轻烟。

时光，是为我们量身定做的一件衣衫，不管华丽与否，不管结局如何，也不管你接不接受，都会穿在身上，在每一个触动心扉的日子，让你回味。抚今思昔，那密密麻麻的针脚，必定缀满孤寂，那泾渭分明的丝线，也必定捻进忧伤。然而，终究还是会有一些美好会在心里刻下印痕，就像这一季一季的花落花开，终究有一些期待会留给明年的春暖花开。

那么，可否许我们，在寒冷的冬日，相拥一份温暖，用真情织就生命的美好？可否许我们，在寒意来袭时分，有足够的力气掸落掉内心的苍凉，有足够的信念与勇气，去静候那一树生命花开？

愿时光，有最温情的一面，为我们缝制一件更为妥帖的衣衫，将美好缀进针脚，将情愫雕成心花，点缀在衣襟最上方；愿时光，有最温情的一面，让人生永如初见，让我们在蓦然回首的霎间，于瑟瑟寒风中，依然能感知到岁月的温存；愿时光，有最温情的一面，能够有真情修补生命中的缺失，有温暖抵御寒潮的侵袭，安然度过这个难熬的寒冬。

黄昏雨落一池秋

对雨的喜爱由来已久，尤其是秋日黄昏，一个人漫步在雨中，看远山近水笼罩在蒙蒙雨雾里，看花草树木在雨水的洗礼下变得越发葱茏与苍翠，看雨滴落在平静的湖面上，漾起一阵阵涟漪，内心深处总会有一种别样的感动，仿佛被一双素手轻轻抚过，分外妥帖。

一直觉得，雨是诗意的化身，不论踏着轻快的脚步，还是带着落寞的惆怅，只要有雨丝相伴，再孤寂的日子，也会透出一抹亮色，润泽你的心房。绵绵细雨，织出一帘幽梦，那些恼人的愁，悲观的念，凌乱的忧，都被雨水涤荡去，从此，世界独独留下了干净与纯粹，在眸里，在心中。

"古往今来多少事，都随风雨到心头"。都说文人善感，伤春悲秋，那淡淡的忧伤被雨水轻轻一拨，刹那之间溢满心扉，莫名的悲喜便再也掩不住。

人生在世，谁的青春不张扬，谁又不曾扬过梦想的帆，谁没有不能碰触的过去，谁又没有机不可失，时不我待的当下，然而时光飞逝，最后的最后，除了在回忆里平添一份温暖的怀想，看一朵烟花划过夜空之后的落寞，许多的话，又与谁人说？

仿佛有太多的情感找不到出口，需要借助文字来宣泄。细雨缠绵之时，定是感性之人泼墨挥毫之时，那些灵动的文字，从心里汩汩流出，不呆板，不刻意，密密而下，在时光的流里与心情交融在一起，见证着人生的丰饶与缺失，喜与悲，爱与愁，在记忆中重逢，在灵魂里放歌。

生命的乐章，随风流转，或铭记，或遗忘，只有雨知道。

雨，是一首清新的小令，漫无边际，潇潇洒洒，于温婉之处，见温柔。尤其是在雨声淅沥的静夜，读一首好诗或写一段好字，在与世无争的世界里，展开丰富的想象，是一种别样的享受。此时，你读到的已不再是雨，而是生命中许许多多真实的感动，那颗在俗世中蒙了尘的心，亦已被雨水洗涤得干干净净，露出最初的真。

"撑着油纸伞，独自，彷徨在悠长的雨巷，我希望逢着一位，结着愁怨的姑娘。"漫步雨中，最容易让人想起雨巷诗人笔下，那个结着愁怨的丁香姑娘。古城，丁香，细雨，轻愁，许多的往事踏雨而来，总能在瞬间点亮内心，那一个个与雨有染的章节，又怎是一个美字了得。

一柄油纸伞，遮住过多少冷暖交织的故事。一场蒙蒙雨，润泽过多少红尘中人的心房。

总觉得秋日缠绵的细雨，是一首浪漫的钢琴曲，奏响在空旷的原野，奏响在心之深处，总能在细心聆听之时，给人以梦幻般的享受。那高低错落的音符，和光阴的故事融为一体，演绎着人生无悔的篇章，留给今天，留给明天，留给日后长长的回忆。

其实在江南，听雨并不算得上是一种诗意浪漫，而是再寻常不过的生活。雨，寄托着浓浓的相思，抒情处，可见其心之婉约。

我不知道自然万物，有哪一样比雨更懂人情，更不知道雨和文字之间到底有什么必然的联系，只知道温婉细腻的文字，与淡淡清愁的雨交织在一起，那字里行间透露的信息，会在不经意间润湿双眸。

春雨绵绵，夏雨奔放，秋雨萧瑟，冬雨凄迷，雨，总在不经意间，落在心间，像一位迎风来访的故人，牵起你的手，将爱恨情愁，编织成一张细细的网，网住善感的心，润泽枯竭的魂。

或者有一天，万千心事都老去，那悠扬的雨声，也只是留给了有心的人，去慢慢体会，慢慢评说。

寂寞，缱绻一世的情殇

人，光溜溜地来，赤裸裸地走，不带走一点尘埃。

人，在混沌中，高调地喧闹着而来，在寂寞中，低调地孑然着离去。

人，不管一生有多少朋友相伴，有多少亲人惦记，心中，永远矗立一座只属于自己的城，一座寂寞的空城。

寂寞，缱绻一世的情殇。

一个人，一座城。一个人的天空，湛蓝悠远。云儿，如水般透明，小鹰，无拘无束，翱翔于城内自由的苍穹，冷暖自知。蹚过懵懂的岁月之河，钻出天真烂漫的胡同，有一天，情感的种子忽然发了芽，在青春的怔惚里疯长蔓延。于是，寂寞之潮开始漫过城堤，感情荒芜地里的坚硬，被一点一点侵蚀，融化。心中的城，渐次柔软，脆弱如瓷，空洞如伽。一丝渴望，一份眷恋，便自心底间悄然升腾，冲破矜持的藩篱。墨染的暮色下，清冷的月光中，是谁，凝聚一双寂寞的眼，望穿深邃的夜空，把千年的情缘找寻？是谁，沉淀一颗寂寞的心，如花般绽放，亭亭玉立于那婉水中央？

两个人，一座围城。曾以为，两个人的天空，灿若桃花，两个人的围城，如诗如画。一纸书约，固若金汤，足以把寂寞之水，挡于高墙。两座空城的交集，固然繁花似锦，相思缠绵写满院庭，卿卿我我，朝朝暮暮，诉不尽柔婉旖旎脉脉情。花开花谢，淡泊了流年，如梭的时光斑驳着围城的老墙。被爱恋灼烧的痛，被别离堆积的愁，被琐碎划伤的痕，在岁月的潮起潮落中，如凋零的枯叶洒满一地。也曾想坚守昨日的诺言，也曾想静守心灵的独处，怎奈，苍白了的爱终抵不住寂寞之浪的卷土重来，瞬间荡平薄如纸翼的防线，在一个人的城里泛滥成灾。

是谁，倚遍阑干，望断归来路？一阕《点绛唇》吟不尽寂寞柔情，却已洞穿古今闺阁幽深。"寂寞深闺，柔肠一寸愁千缕。惜春春去，几点催花雨。倚遍阑干，只是无情绪！人何处？连天衰草，望断归来路"。为情所困的寂寞，因寂寞而生的相思与怨愁，在一代又一代寂寞人的踯躅里，恣意淋漓了千万遍。

多少个漫长的冷夜，你痴痴地遥望星穹，清瘦的月辉，朦胧你白日强装自若的笑颜，你好想揽月色入怀，充填内心的虚无，却只见寂寞嫦娥舒广袖。无垠的月色，从你眉梢悄悄划过，倒映一剪孤独而落寂的身影。孤窗残影，灯烛摇曳，你用如风的笔墨，弹奏寂寞的夜曲，醉了韵弦，只求，觅得一方知音，慰藉羸弱的心灵，似那颗颗寂寞的寒星，遥相辉映。

秋风怅，心渐凉，夜未央。花已落，情将陌，路还远。缘起，情生，缘尽，情灭。寂寞，就在情起情灭的高低曲折中，忽明忽暗，忽强忽弱，百转千回，如影相随。

人，不过沧海一粟，随岁月之河蜿蜒漂泊。生命的旅程，或平淡，或精彩，然，终将遁于天边的大海，在别人逐渐淡忘的留恋中，消失于无痕。与其，空守一个人的寂寞，郁郁终生，不如，将尘封的角落敞亮在阳光下，绽放寂寞的美丽，纵然缈若烟云，纵使粉身碎骨，亦无怨无悔。

寂寞，才下眉头，又上心头。寂寞，缱绻一世的情殇。

风之约，何时逢

听我把春水叫寒，看我把绿野催黄，谁道秋霞一心愁，烟波林野意悠悠。一曲秋蝉不仅叫寒了春水，也叫寒了季节，把深秋的意境推向了最高潮。在这个行将枯萎的日子，大自然用积蓄已久的热情调制出五彩缤纷的绚烂，用写意的笔墨将绿野装扮。

枫叶红于二月花。秋天，在用色彩撞击人们视线的同时，也将忧伤嵌在心底。抬头仰望，幽蓝的天空下，那些被染了色彩的叶子在风中摇曳，极尽渲染的背后，掩藏着挥之不去的离愁。

或许生命亦不例外，总有一些东西属于期待，总有一些东西注定要凋零，也总有一些东西会留下深深的遗憾，一如这深秋的绚丽，美丽，苦短。在这个日趋寒冷的季节，在梧桐叶一旋半转的风中，我眼里的秋天，正用悬挂在枝头的枫红杏黄，在向我依依道别。在我还来不及细细品味，在我怅然若失的眼里，深秋，留下惊鸿一瞥，渐行渐远。

一直在想，比起桃红柳绿的春天，荷香四溢的夏天，这个徘徊在蔬果飘香的季节与萧瑟寒冬之间的晚秋，给予人的，将会是什么？抑或人生之秋，给予自己的，又将会是什么？踏着季节的门坎，我不知该怎样去解读，它用生命耗尽的一抹醉红，不知怎样去拥有，它用相思演绎的一季最美，不知怎样去释怀，那溢满心间的离愁，也不知要如何去坚守，那一份魂牵梦萦的执着。

在喧嚣的红尘中行走，一直是一个思想单纯而又感性的人，许多时候会触景生情，许多时候会黯然神伤，许多时候会莫名其妙地染上善感的愁，而能够与自己相伴，能够让自己心静的，始终是一些善感的文字。人说，爱上文字等于爱上了寂寞，渐渐地，自己也就成了一个寂寞的人，养成了多愁善感的性。

季节深处，总有一些东西让我感怀，比如这个冷冷的晚秋，我眼里枫叶的红和芦花的白。枫红芦白，透着诗意的浪漫，不可否认，是深秋的最美。曾一度以为是因为枫红芦白本身所蕴含的诗意和浪漫，才让我如此痴迷，然而随着年龄的增长，在经历过一些事情之后才明白，对它们的爱绝不只停滞于表面，我更爱的是它们源自内在的美。

芦花予我以执着，枫叶予我以坚韧，在我看来，这便是生命最高贵的品质，不可或缺。

独自伫立在被秋意渲染得分外秀丽的湘湖岸边，面对着群山环抱中，这一片清澈而明净的碧水，大自然的温存与静美被演绎得完美无比。极目远眺，那山、那水、那树、那景，无一不透露着安恬的美。淡然沉静，沉静淡然，坚持一种沉静，坚守一份淡然，我想这应该也是人生的一种境界吧，心深处，有一丝温柔被拨动。

行走在用大青石铺就的蜿蜒曲折的湘堤越堤上，且行且思。湖边的大柳树，静静地伫立在秋阳里，就像是忠诚的哨兵守护着心中的圣洁。时至季末，深秋的风肆意地吹，柳枝已失去了往日的葱茏，柳叶也开始微微泛黄，然而柳的风姿犹存。风过处，柳枝轻轻地拂向湖面，不时有叶子斜斜地随风飞落，远远望去，就像是蝴蝶翩翩飞。

叶子的离开，是风的追求还是树的不挽留？斜倚在树干上，折一片柳叶在掌心，轻轻摩挲，想起春暖花开时节，它被二月春风剪出时青涩的模样，想起炎炎夏日之中，它在烈日暴晒下倔强的身姿，想起冷冷清秋中，它日渐憔悴的容颜，想起瑟瑟寒风中，它跌落枝头时沉重的叹息……

深秋的风冷冷地吹过，把我从梦中惊醒，或许生命中，总有一些东西像叶子的离去，总有一些愿望属于期待。那么就把这份期许放进心里吧，至少它可以陪伴自己，温暖严寒的冬日，那一个个寂寂晨昏。

阳光顺着柳树的枝丫洒落下来，暖暖的感觉依旧。柳树的四周遍植着一丛丛迎春，虽非花开季节，但依稀可见其蓬勃生机。迎春的花语是相爱到永远，在这个冷冷的寒秋，在一湖秋水之湄，怀着相爱到永远的期许，我想此刻迎春的心里一定在翘首盼春，期望与春风相拥，得偿夙愿。

风之约，何时逢？忽然想起一句话：岁月是写在纸上的铅笔字，擦得再干净，也会留下痕迹。是的，岁月带不走曾经，它苍老的只是容颜，一些篆刻在心里的东西，就像是笔尖滑过的纸张，总会留下一道道深深浅浅的痕迹。

风之约，何时逢？伫立在这一片静美的山水间，隔着季节的围墙，我在风中找寻着你。

风之约，何时逢？你可知道，在渐远的岁月里，我只愿做秋水湖畔那一株经霜的迎春，怀揣着满满的期许，固守着一湖的静美。期待春暖花开时节，你能见到我迎向枝头的，那一抹灿烂的笑容。

记得桂花香

虽然已错失季节，但那片幽幽桂花林却永远根植在我身上，无论是清新之春晨，或严寒之冬夜，总握有一片温馨。总想要问问你：可记得桂花香？

——题记

"桂子月中落，天香云外飘"。中秋月圆时节，天清露冷。一树树桂花在一夜间香飘杭城，那满树金黄或银白的花朵儿争先恐后竞相绽放，点缀在红叶娇艳的季节里，散发出沁人心脾的芬芳。行走在这样的季节，心情总会随无边的思绪飘荡。

桂花的香，甜而不腻、甘醇馥郁，若隐若现又若即若离，只有在离它远一些的地方才闻得到，也只有在离它远一些的地方飘过来的香才更浓郁更淋漓尽致，或许这是距离产生的美吧。

当空气中开始飘飞起桂花那不绝如缕的甜香味时，有一种叫作回忆的东西，也随着暗香在心里滋长，那是蕴藏在生命里经久不衰的味道，总会随季节不期而至，在岁月一个又一个轮回里，在匆匆流逝的年华里，她长成了心中无法抹去的依赖和眷恋。

"中庭地白树栖鸦，冷露无声湿桂花。今夜月明人尽望，不知秋思落谁家？"唐代王建的《十五夜望月》，写尽了桂花香中的思念。我想，桂花的香之所以如此有感染力，除了它特有的馥郁，更重要的是它飘逸在中秋这个特定的季节里，这可是一个思念的季节呀。因为有了这思念的成分，原本就浓烈的情思，经这缕香的烘托和渲染，也就更为浓烈了，难怪闻过花香的人都会说，有一种特殊的味道蕴含其中，我想，这就是岁月经年的味道吧。

每当花开的季节，我总爱在桂花林中流连，在一棵棵繁茂的桂花树下伫立，或倚树而坐。在清秋柔和的阳光底下，那些被流年深藏的往事，随风而来又随风而去，仿若这淡淡而馥郁的清香，缠绵悱恻。轻抚时光的脉络，心中常常感念，一些风花雪月的故事，一些念念不忘的情结，是不是早已随季节的变化，在一声声无奈的叹息声中，被遗忘。

时间过得真快，弹指一挥间，又到一年仲秋时。静静伫立在江岸边，看一江碧水在秋日的风中被阳光折射出点点光泽，层层叠叠的涟漪像星子落满凡尘，唯美而浪漫。都说一叶知秋，这一江静静流淌的秋水，在桂花幽怨的香气中蜿蜒，多像是流逝的岁月在心头缠绕。

无边的思绪在这样的午后被勾起，不由地想起了遥远的天边那个遥远的你，想起了遥远的日子里那些遥远的曾经，想起了遥远的过往里那些遥远的誓言……

时过境迁、渐行渐远，许多的日子一去不复返，在这样芳香的季节，在这个寂静的午后，被缕缕桂香撩拨起的思念，不绝如缕，而唯一能做的，也只能是借这芬芳的气息，让往事飞。

"泪眼问花花不语，乱红飞过秋千去"。一直搞不懂，横在我们中间的到底是什么。是无情的时光改变了一切，还是时空的距离渐渐疏离了我们，抑或是你我之间本来就缺少了坚持与执着，所以才铸成了今天的无奈？

微风过处，暗香阵阵，细密的桂花随风坠落，空留下满目凄惶。你说过，那纷纷坠落的不是花雨，而是桂花惜别的泪滴。是啊，桂雨泪纷纷，它，摇曳在风中，坠落在风中。它，落在了我的头顶、我的掌心，落在了我对往昔的追忆里……

记得你曾说过，你会在每一个桂花飘香的季节想我，因为这样的季节浸润着花香，会让相思成灾，于是，我的心就跟着你的思念迷失在这一季。总爱在这样的季节将如雨般洒落的桂子收集，用思念酿一坛醇醇的酒，去芳香生命中每一个不再有你的寂寂晨昏；也总爱在寒冷的冬夜伴一屋的冷清，去捧读那一本本以桂花为签的书，去感受那一季错失的芬芳。

总想要问问你：可记得年少时，那条桂花飘香的小径？可记得天空中，那群自由翱翔的白鸽？可记得群山环抱里，我们曾经的誓言？可记得蓝天白云下，我们携手走过的花季、雨季？

阵阵微风阵阵凉，阵阵忧思阵阵伤，思绪变得越来越缥缈，越来越模糊。心总会迷失在这个季节，总想托清风明月相送，总想要问问你：可记得桂花香？

曲终人散

"为什么，我可以锁住我的心，却锁不住爱和忧伤？在长长的一生里，为什么欢乐总是乍现就凋落，走得最急的总是最美的时光？"

席慕蓉的诗，是那样的温婉哀怨，清丽之中透着淡淡的忧伤，好似一位舞尽了优雅与沧桑的舞者，在行将落幕之时，在轻缓的乐曲声中再一次忆起了从前。那些风花雪月，那些冬去春来，那些花开花落便都凝聚在一起，随笔端的文字展开，如此伤感。每一个字都是追忆，每一个字都是沉重的叹息。

人生种种，最后终必成空，爱恨情仇，最后终必成空。曾经无数次沉醉在诗的意境里，体会那一份来自心底的忧伤，也曾经无数次在潇潇雨夜回首走过的路，爱与哀愁，便在回首的瞬间，在夜的寂寞中随雨纷飞。掩卷沉思，生命中那些经历过的酸甜苦辣，那些曾经拥有或已然失去的美好，那些正在上演或已经落幕的相遇和离别，不正如诗中描绘？

青春的美丽与珍贵，就在于它的无邪与无瑕，在于它的可遇而不可求，在于它的永不重回。沧桑岁月在她的笔端行走，那娓娓道来的，可是生命的禅机？人生无常，聚散离合在她的笔下演绎，那如影随形的，可是不能饮不可饮，却依然会拼却的一醉？

也许在很多人的眼睛里，生活不是矫情，哪里来那么多无病呻吟的忧伤。然而善感如我，却像一个另类，常常会莫名其妙地陷入其中，为一首怀旧的老歌，为一个熟悉的场景，为一地飘零的残红，为一句让自己感伤的话，而让那些忧伤爬满心间。

红尘渡口，人来人往，经历了太多太多的分分合合，忽然发现，越来越孤单。时光杀我于无形。收回远眺的目光，重新审视自己，悲哀地发现，不知何时起，时光已将自己刀刻，除了深沉与沧桑，内心深处居然再也没有了追逐幸福与感知幸福的能力，失去了仅有的自信；在现实生活中行走，学会了独自承受，学会了将自己深藏，学会了，不再奢望。

杯盏迷离，在这个春暖花开的季节，在这个寂静无声的夜晚，忽然想起了这个句子，不知是从哪本书上读来的，却一直印象深刻。杯盏迷离，除了其间摇曳迷离的琼浆，便在于那种易碎易逝的空幻之感，那么忧伤，是否也源自于人生中那种易碎易逝的空幻之感呢？

下班回家，坐在公交车上闭目养神，忽然听到邻座的手机里正在播放的一首歌：我终于知道曲终人散的寂寞，只有伤心人才有，你最后一身红残留在我眼中，我没有再依恋的借口。张宇沧桑而颤抖的声音在耳畔反反复复，那痛彻心扉的歌声把我带入了那一年，遥远的记忆随忧伤而至，泪水不知不觉涌上心头。

想起那一年，为了一场不可能再继续的爱情，只身来到那座滨海城市，男友的哥哥和两个战友接待了我。在下榻的旅馆，说起那不得不面对的现实，无助的我只顾埋头痛哭，大哥在一边默默地陪着我，默默地为我递上纸巾，任我宣泄心中的苦痛。许久以后，抬起头来，我居然看见大哥眉宇中那一抹深藏的心痛。

虽是第一次见面，大哥温和的陪伴，还是让无依的自己有了一丝温暖的感动。那天晚饭，大哥把我拉到他家里，一桌人围坐在一起，看得出谁都想将关爱送予我。可那时的自己很年轻，不懂得掩饰心底的痛，却把忧伤写在了脸上，对众人的殷切基本无视。席间，细心的大哥为我斟了小半杯红酒，然后举起酒杯，尽管还有泪，那轻轻的一句开心点，却从此锁进了我心里。

饭后，大哥陪着我在公园里默默地走，不管他如何想要打破沉闷，我始终都沉默不语，现在想来都心有愧疚，真不知道当时的大哥，是用一种怎样的心情，背负起一份与他无关的沉闷与沉重。许久，他轻声讲起了他内心埋藏的秘密，一个从来没有告诉过任何人的秘密：他的生命中也有过深爱的人，但是他们注定无法走到一起，面对现实，他选择了放手，虽然心里也有痛。他说：爱不是占有，而是要让对方飞得更高，过得更幸福……

原来这就是曲终人散的寂寞，我还想等你什么，你紧紧拉住我衣袖，又放开让我走，这一次跟我彻底分手。手机里的歌还在反反复复地播，人生之路也依然浮浮沉沉地走，当我越来越明白人生有无奈的时候，当我无数次陷入困境的时候，却再也找不到那个曾经在我最孤独无助的时候给过我温暖感觉的大哥,再也找不到那个圆过我心里一辈子哥哥梦的兄长。因为,我们再也没有联系。

原来时光如衣,爱与哀愁,早已交织在衣衫的经纬里,密布在我们的生命里。

原来这就是曲终人散的寂寞,在我还没来得及紧握你双手的时候。

别把无奈当借口

人,似乎一直都生活在抉择中。有时候,形单影只,山穷水尽,没得选择;有时候,车水马龙,熙熙攘攘,可供选择的太多,又无从选择。这就很有点无可奈何的意思了,面向远方,双手一摊,两肩一耸,奈何?

山长水远,有多少荒凉,就有多少失魂的无奈;有多少冷漠,就有多少落魄的无奈。无奈就像黎明时茫茫的雾水,有点无计可施,有点身不由己,有点无所适从,又有点意味深长。

无奈是什么?

无奈就是"明月楼高休独倚,酒入愁肠,化作相思泪"的离愁别恨,无奈就是"十年生死两茫茫,不思量,自难忘,千里孤坟,无处话凄凉"的阴阳两隔,无奈就是"力拔山兮气盖世,时不利兮骓不逝。骓不逝兮可奈何,虞兮虞兮奈若何!"的英雄气短,无奈就是"出师未捷身先死,长使英雄泪满襟"的壮志未酬。

奈何,奈何?

明明喜欢的事,你偏偏做不了,只好天天黑着脸应付面目可憎。明明喜欢的人,偏偏跟别人白了头,看着枕边将就的人,你的心如死海一般沉寂。明明誓言永固的相守相依,不知不觉曲终人散,友谊的小船说翻就翻。

人生说简单也很简单,记住该记住的,忘记该遗忘的,看看路上的足迹和车辙,翻上几本书,喝上几盏茶,望几朵云来雾去,舒尔夕阳就落了山;人生说复杂也很复杂,不是每天都会风清月朗,总有炙热烘烤清角吹寒,总有更深露重碎月寒窗,独辟蹊径里的荆棘遍地,沼泽丛生,深一脚,浅一脚,不知何时何地就会陷入泥潭上不来道;人生说可悲也很可悲,光溜溜来,光溜溜去,带不走一丝云彩。最后的最后,天幕一收,都成了红楼一梦。

一个初字,道尽人间沧桑,揽尽所有无奈。

尽管,我们的躯壳仍在路上,灵魂却已渐行渐远,远得仿佛已经看不清自己。有多少初见,丢在了曾经的路口,有多少初心,已经背弃在彼岸,有多少初衷,被遗忘在出行的远端。我们捡起了许多孜孜以求的,却把本来拥有的丢得一干二净。

无奈的背后,埋藏着千万个理由,而把无奈当借口,背后永远躲藏着一颗懦弱的心。

人生行舟,溯流而上。坚毅的人从不寻找借口,尽管他们也有诸多无奈。遇山开路,逢水搭桥,披荆斩棘,勇往直前。懦弱的人处处寻找借口，己所不欲，怨天尤人。落荒而逃的同时，只好用借口来安慰自己，掩饰自己。

然而，你可以欺骗自己，却无法欺骗生活。把无奈当借口，无异于自剪羽毛。毛羽不丰，何以展翅？把无奈当借口的人，自废武功的同时，只好在无可奈何花落去中叹息，只好在一江春水向东流中惋惜，只好在夕阳无限好只是近黄昏中自我慰藉。

世界之所以峻冷，是因为寒流太多，温暖太少。负面的东西太多，积极的因素太少。面对无奈，太多的人选择退缩，选择逃避，选择妥协，选择苟且。结果便是，冷漠盖世，沉渣喧嚣，无奈之事俯拾皆是。

对时光冷酷的无奈，不应当有借口，前有老骥伏枥，志在千里，后有壮士暮年，雄心不已；对环境恶劣的无奈，不应该有借口，前有出淤泥而不染的高洁，后有世人皆醉我独醒的超脱；对困难重重的无奈，不应该有借口，壁立千仞，桩桩件件都不是容易登攀的事儿；对走投无路的无奈，不应该有借口，路的尽头依然是路，天涯的远端依然是天涯，路都是人一步一步走出来的。

生活的前方永远有希望，只是所有的希望都需要自己去创造。就算拥有万千无奈，也不能沾有丝毫懈怠，倘若以最美的姿态，倾尽全力盛开，即使面对凋败，也定然会活得精彩。

不敢不老

正如巧合总会事出偶然,正如季节总在悄然偷换,有些发现总在不经意间灵光乍现。

那日,久别的好友们重逢,一句无心但真实的话语从旁人口中跌落,或者,一道惊诧的眼神从别人眼里将你盯牢考量,再笨的你,也会蓦然发现,你老了,老得让人感觉陌生,老得让你无语凝噎。

你看着一抹残阳射进窗内,那光线足够柔和,屋里到处飘溢着的淡淡的咖啡香味,像是岁月的味道,耳畔传来舒缓的经典怀旧曲目,点点音符都是旧时光。这样的温馨与安宁,你显然无法陶醉,你难抑你的慌张。于是,最最从容的你,也会不由自主地来到镜前将镜中的自己细细端详。

尽管你懂得修饰,风雨的沧桑被你掩在得体的服饰夹缝里;尽管你精通化妆,岁月的沟坎被你藏在高雅的粉底,但是,眉宇间,你青春的痕迹荡然无存,夸张的体型进一步出卖了你身体的秘密。

或许,你早已习惯了世俗里忙忙碌碌的追寻而对经年的流逝漫不经心,又或者,你熟视无睹于别人老去的故事而你内心依旧假装灿烂,你不愿去想甚至不愿面对衰老对你可能的侵袭和吞噬。

想来，单就一个老字，那就足以令人触目惊心，何况老去那又是怎样的一种荒凉？！

不管当初多么风光，等到日落西山，老字当头，时光终是薄了，即便晚霞漫天，不尽的长夜依然会席卷而来铺满苍穹，那时月冷星稀，透骨的凉啊，凉得霜结露凝，凉得灯枯油尽，凉成一抔冻土，凉成一张泛黄的照片。

想想就觉得惊恐，刚刚还鲜衣怒马，转眼就人老珠黄；想想就觉得可悲，昨天还门庭若市，今朝就车稀马疏；想想就觉得惋惜，本指望一路风生水起，孰料结局总是千疮百孔；想想就觉得不甘，曾经豪情万丈不言愁，如今不知何处话凄凉。

白落梅说："来路是归途，每个人，从哪里来，就要回归哪里去。时间的长短，不是自己所能掌控，人的生命，就如同枝头的花朵，有些落得早，有些落得迟。"是啊，生命的定律谁能打破？

老吧，老吧，老成一池秋水，从此不听巴山夜雨；老吧，老吧，老成一弯冷月，从此横眉人间情仇；老吧，老吧，与其跟年华怒争一场，毫无胜算，不如偃旗息鼓，与光阴和解。

倘若，老，也可以成为一种资本，原也是值得欣慰的事。娃娃们如雨后春笋，陌生的脸庞目不暇接，你不老，天理都难容。后生可畏，但你老成了一面镜子，他们在你面前装也要装作毕恭毕敬，不然，你老眼一瞪，撂下一句："年轻算啥？谁没年轻过？可你老过么？"保准后生们大气不敢喘一个，脚底抹油，逃之夭夭。

《红楼梦》中的贾母，那是老上加老的人了，可四大家族上上下下哪个不怕她？威权是历练出来的，也算岁月浮沉的积淀，熬不到那般年纪，恐难以服众，虽说世袭罔替成就了当时的辉煌，但没有这个老人把持着，说乱也就乱了。看来，老人的角色同样不可或缺，花开有时，花落也有时，该你老时，你怎敢不老？

"高堂明镜悲白发，朝如青丝暮成雪"。倘若不幸，在你前面为你遮挡通往生命终端的那些墙已经轰然倒塌，你怎敢不老成一堵新的墙？

人老固然是宿命，但心火却不可磨灭。

目不识丁的奶奶前些年在世时，总是絮絮叨叨不厌其烦地跟我们唠唠与爷爷有关的陈年旧事。每每说起那些远久的情事，那一双混沌的眼眸顿时清澈起来。爷爷去世时，奶奶才四十多，后来寡居又一个四十余年的她，我想，她一定在心中燃烧着青春的记忆，并一直以此温暖着她。

老了老了，彩色褪成了黑白，该轻的更轻了，该重的更重了。如果到了这个份儿上还没活明白，那真的算是白活了。

谁的眼泪在飞

曾经看到过一篇美文，题目叫鱼儿之情，文笔酣畅，感人至深，借物喻人，寓意深远，真情是主线，凄美和伤感贯穿了整个过程。受这个故事的影响，我的心情在不短的日子里都无法平静，感伤与感叹涌上心头，是，为记。

世间的爱情大抵都如此吧，而想要牵起而牵不住手的悲凉亦大抵都如此吧。或许只有经历过的人才能真正明白。感情，并不是彼此有爱便可圆满，缘分，并不是彼此相邀便可同行，很多时候是身不由己。百般滋味，千般痛楚，或许情到深处，必得忧伤……

故事的主人公是一大一小两条鱼，大鱼深沉稳重，生活在冰冷的海底，终日与海草为伴，与寂寞为侣，生性压抑；小鱼阳光率性，生活在浅浅的海面，单纯稚嫩，快乐无忧。谁也想不到这两条生活在不同世界的鱼，会有交集。

然而有一天，大鱼终于忍受不了海底的冰冷和海草的缠绕，为了排遣心中的寂寞，决定去外面的世界走走。当它浮出海面，抖落下满头的水珠，清凉的海风迎面扑来，温暖的阳光轻轻晒过，大鱼感受到了从未有过的惬意，但它的内心依然是寂寞和压抑的。

茫然中，它抬头望见湛蓝的海面上，盛开着朵朵洁白的浪花，一条红色的小鱼正坐在白色的浪花上，随着浪潮的涌动来来去去，仿佛坐在摇篮里一样，好开心的样子。大鱼弄不明白小鱼为何如此快乐，它想看个究竟，于是犹疑着慢慢靠近小鱼，生性乐观的小鱼高兴地同它打起了招呼。

缘分往往就是这样的奇妙，总会在某个不经意的霎间，在意想不到的地方，不会早一步也不会迟一步，就这么突然地出现。两条鱼儿也不例外。

初见的感觉是如此美好，但是它们毕竟来自于不同的世界，包括心境，包括看法，两条鱼儿又是如此的不同。小鱼的俏皮衬托着大鱼的寂寥，大鱼的深沉凸显着小鱼的活泼，经过一长串的争执磨合，大鱼终于对自己有了崭新的认识，心情也渐渐开朗起来，它的内心感受到了从未有过的温暖。

朝夕相处的日子，两条鱼成了无话不说的好朋友。期许、相伴，彼此温暖，虽然因为观点不同，常会争执，但是唇齿相依的感觉也在一来二去中日益增加。然而自然界，适者生存是不可改变的法则，大鱼从小生活在深深的海底，冰冷的海底才是它生命的归依，尽管为了和小鱼在一起，为了心中那一份渴望已久的温暖，它不顾一切频频出现在温热的洋面，但身体因此出现了不适的症状，身上的鳞片在脱落，防卫的外衣在变软，每一次阳光的照射，都会令它的皮肤疼痛不已……

幸福和痛苦有时只相隔了一步。终于到了分手的时候，大鱼无比惆怅地告诉小鱼，从此以后它再也不能来陪它玩了。面对分离，小鱼的心里满是痛苦，它不知如何才能忘记它。良久良久，它痛楚地说："大鱼，我好想和你再吵一架，然后记得你坏坏的样子，就不用想你的好了，就不会很想很想你了。"可怜的小鱼，它以为用这样决绝的方式来告别过去，从此以后就可以两两相忘，不再想起。

面对别离，大鱼的心里何尝没有痛苦。想到从此以后只能与冰冷的石头和海草为伍，再也见不到可爱的小鱼，再也找不到温暖的相依，它的心里很痛很痛。看着泪流满面的小鱼，它的痛楚无处安放，然而又找不到安慰的理由。许久许久，它终于违心地说："小鱼，你是我最讨厌最讨厌最讨厌的小家伙了。"然后它闭上了眼睛，慢慢地向海底沉去，任呼啸的海风拂过耳际，任决绝的泪水漫过心间……

时间就这样过去了，一年又一年，大鱼在冰冷的海底独自疗伤，心中的思念却日益增长。也曾托流动的海潮去探问小鱼的消息，但所有的回复都是：没有见过那条浪花上的小鱼。终于有一天，大鱼按捺不住心中的思念，它决定去看一看日夜牵挂的小鱼。

在游向海面的途中，大鱼看见了一架倒立的鱼骨，应该有很多年了，鱼骨都被海水刷成了奶白色，只是很奇怪，它为何是头向着下的，仿佛尽管是死去，它也想要游到底。游近后大鱼惊呆了，那鱼骨居然是小鱼，它拼了命地游向海底，却因为无法适应刺骨的寒冷，被冻死在了半路上。但小鱼的心里依然保持着最初的愿望：它要给这海洋一个倒立的身影，要给这海洋一个游到底的决心，也要给这海洋一颗爱着的心。

大鱼就这么呆立着，不知过了多久，它的心碎了。许久、许久，它慢慢地抱起了小鱼，就像抱起生命中一个最珍贵的宝贝，向着深深的海底慢慢地游去。尽管泪水汹涌，可是谁也看不见大鱼的眼泪，因为它，在水里……

百感交集之余，写下这篇融合了自己心声的文，不知何时已泪流满面。一遍又一遍听着鱼水情歌，深情的男女声对唱，多像是一声声无奈的叹息，道尽了两条鱼儿的无限幽怨……

"问世间，情为何物，直教人生死相许！"人生旅途中，谁不是那条大鱼，在冰冷的世界里独自游弋，饱尝寂寞；谁不是那条小鱼，渴望有知己相伴爱与被爱。可是人生之丰富又体现在万般无奈中，匆匆的旅途中谁不是谁的过客？爱情、亲情、友情，有多少人会像那条大鱼，倾心呵护，又有多少人会像那条小鱼，生死相随？追思、痛苦、无奈、怅然……

年少时，我们因谁因爱或是只因寂寞而同场起舞；沧桑后，我们何因何故寂寞如初却宁愿形同陌路？如果说爱到最后是伤痛，那么执着到最后呢？是执迷不悟，是徒增伤悲，是情何以堪？

天空中没有翅膀的痕迹，而我已飞过。曾几何时，我就像那条小小鱼，奋不顾身拼了命地游向你，只为想要靠近你，只为想要与你，结伴同行！

这个世界，我来过！

在薄情的世界，深情地活着

涉过更深露重，历经千疮百孔，后来的后来才知道，那种对骄人时光的期许，那种映在眸子里的欢喜，那种红尘阡陌的牵念，都不只是流于表面的观感，而是生活原味的探寻。

"漠漠轻寒上小楼，晓阴无赖似穷秋"。很多时候，怀旧的我们，会被无边的丝雨沾上轻愁，众里寻他，感怀落泪。很多时候，站在离别的路口，只轻轻地一个转身，却又看到了曾经的最美，在灯火阑珊处，悄然伫立。而这一切，都源于文字在心里的根深蒂固。

于黄昏雨落之时，读优美的句子，会觉得眼前一亮，仿佛遇到了久别的故知，正敲开心扉与自己进行面对面的对话，那些灵动的方方块块组合在一起，或简单直白，或细腻温婉，或至真至诚，或淡若清风，演绎出一往情深深似海的浪漫情怀，演绎出直抒胸臆的人文情怀，情至沉醉处，总觉得文字里流淌的都是自己的心音，在柔婉的文字面前，一下子就释尽了心底的秘密。

但凡女子，都有梦，就像含苞欲放的花朵，在展颜的那一刻起，就执意要把自己开成枝头最美的那朵。纵然心中有泪，也要以优雅的姿态站立，用清浅的微笑面对人生中的每一次人潮涌动，纵然有太多的不尽如人意，也要拼尽全力，把生命过往的每一天都演绎得精彩绝伦，就算在某一个瞬间，被无情的风雨击打，也依然会凭着心底的执念，向着太阳升起的地方，攀爬。

"不要担心时光旧了，你就会旧成一朵枯黄的花蕊。你可以将时光写进你的故事里，然后任凭各种风雨反复地检视，等流年回暖，则又是一季桃红柳绿。不要害怕时光老了，你便会老得无去处。你可以将时光拉入你的梦里，然后枕着半盏风月入睡，待醒来，山河依旧明媚。"

是的，不要担心时光旧了，我们会一无所有，至少我们还有文字可相随，用素笔记录下生命走过的每一天，所有甜蜜的笑和所有流过的泪。也不用害怕时光老了，我们会老无所依，至少我们还有文字可遥寄，将过往拉进梦里，请明月点灯，邀清风入眠。

人这一生，山一程水一程，风一程雨一程，总有一些是无法实现的梦想，不管你如何坚持不懈地努力过，总有一些是不能抵达的彼岸，不管你如何跋山涉水地艰辛过，总有一些是秘而不宣的章节，不管你如何牵肠挂肚地期许过，也总有一些是难以忘怀的时光，只能用文字来倾诉，用文字来祭奠。

文字，介乎于理性与感性之间，时而有淡淡的忧伤跌落，时而有脉脉的温情铺展，天马行空，收放自如，无一不记载着文人的百转千回，带你走进一个又一个心灵的桃源，让你喜极而泣，让你悲从中来，让你掩卷沉思，让你恍然大悟，尔后，在漫漫的长夜里，去品味文字的冷与热，爱与憎。

文字染心，皆因懂得。

总觉得文字是旧时光里走失的情人，只有用心捡拾的人，才能在心中藏一轮明月，才经得起时光的推敲，才能将心中的万千愁绪化作含泪的微笑，迎着微凉的风，筑起心的堡垒，在属于自己的半亩花田里，种下清风，种下明月，种下对生活种种的，爱和希望。

"我在清凉的月色里寻找，仰头是苍穹，低眉是菩提，而那条通往记忆的栈道，于沧桑过后，已无法记起"。人生的际遇不同，命运便有所不同，许多时候是一个人在行走。许多时候，我们怀揣着希望上路，可是兜兜转转之后会发现，许多的美好注定是用来怀念的。当沧桑过后，什么都不再记起，只有文字还站在原地，与你深情地对望，在你最绝望的时候，做着你最忠诚的守护者。

你若给它以真心，它必予你以厚赠。一直觉得，入心的文字，是为自己量身定做的衣裳，不需要费多大的周章，就能轻而易举捕获人心。入心的文字，是清水养出来的铃兰香，在内心深深的小巷，屏退所有的烦忧，散发出幽幽冷香。

岁月，是清澈的怀想，是不经意间画在指间的守望，蘸满了清秋的霜色，岁月，是青石板路上跌落的雨珠，于无声处烙印在你心上，润泽着你的双眸。

不同的文字演绎着不同的文化，而诗意的文字则更具穿透力，就像旧时江南人家精心酿造的女儿红，集甜、酸、苦、辛、鲜、涩于一体，色浓味醇，鲜美爽柔，细斟慢饮之时，总给人以无穷的回味。那一坛坛深埋在桂花树下的黄酒，经过岁月的积淀，一经开启，便异香扑鼻，想掩也掩不住。

在薄情的世界，深情地活着，这就是文字最为温情的一面，总是在你最忧伤之时，给你以最真切的怀抱。

尚在年少之时，总觉得一朵花开是最值得铭记的，那种在阳光下自由行走的姿态，那种被雨露恩泽之后所呈现出来的娇媚，会被时光镌刻成永恒。然而当走过山河岁月，回归到最初的原点，当一切尘埃落定，被红尘中的烟雨熏得泪眼迷离，会发现，还有一种生活的姿态，叫花落尘香。

这让我很容易就想起了朱自清的散文《匆匆》最经典的开场白：燕子去了，有再来的时候；杨柳枯了，有再青的时候；桃花谢了，有再开的时候。也终于明了，花落并不代表颓废，而是蕴藏着太多生机，就在你迎向春风的那一刻。

那么，就做一朵梅花吧，在寒地里生，往春天里去，就算岁月苍白了容颜，就算时光淡薄了记忆，就算零落成尘，依然香如故。

生命的历程，走过便好，不是吗？

后记

记忆，是遗落在旧街小巷的一缕阳光，是流转于弄堂深处的低吟浅唱，是藏在心头的只言片语，是经年累月的温柔绽放。记忆，是蓦然回首的时光匆匆，是雪月风花的点点印记，是无法描摹的柔情宛在水中央。

从春花秋月到更深露重，人生的步履匆匆，光阴的故事在日复一日中，被清风一页页翻过，或铭记或遗忘，已无法一一细说，而某些章节，注定是久别之后的重逢，注定是与时日一起成长的爱的见证，注定沾满了茉莉的清香，过目便难以忘怀。

相遇红尘邂逅爱，相信这是世间上最美丽的语言，是如歌岁月里最动人的诗篇，也是每一个行走在红尘中的人，内心深处最真切的呼唤。

生活，是命运之手精心调制的一杯卡布奇诺，纯正的香气里蕴藏着无可抗拒的独特魅力。那浮在上层润滑的奶泡，是少年不识愁滋味的无忧与张扬，那自下而上扑鼻而来的醇醇酽香，是深谙世事之后不由自主的沉醉与痴迷，那甜中带苦的涩涩滋味，是梦想与现实冲突的必然，那历尽沧桑之后的自然回甘，是字正腔圆的生命过程。

后 记

是啊，大千世界，芸芸众生，每一天都是新的开始，每一天都在上演着悲欢离合，无论是相守还是相望，无论是得到还是失去，有多少人能超然在情感之外，又有多少人能够不为情而痴缠一生？我们寻寻觅觅，总想要找到灵魂的皈依，我们走走停停，任凭风沙吹老了容颜。所有的心情故事被分列在岁月的两岸，是相知还是相忘，是相聚还是别离，其实命运早已经做了选择。

离歌且莫翻新阕，一曲能教肠寸结。最美的时光未必地老天荒，我们总想要把最好的记忆留给最亲近的人，留给日后漫长的一生，哪怕只是一段时光的截取，哪怕相见之后还是要别离，相信只要心中有一份执念支撑，人生驿站的这盏烛火，一样可以照亮万古时空，在相去甚远的日子里，让身后的路延伸至光明的所在。

"晚来天欲雪，能饮一杯无？"我们在寂冷的寒夜里，寻找着温暖的依傍。"慈母手中线，游子身上衣"，我们在脉脉的温情里，享受着爱的润物细无声。"生死契阔，与子成说，执子之手，与子偕老"，我们在踽踽独行里，追寻着心中的地久天长。

"问世间情是何物？直教生死相许"。在追寻真情的路上，大雁尚且如此，更何况人乎？

我们这一代，是从理想王国中走来的一代，至少在精神世界是。从小在礼义廉耻孝悌忠信的教诲下接受最正统的教育，在一片洁净的天地里认知世界，世界自然是干净的，没有瑕疵也绝不允许有瑕疵，在纯粹的世界里认知感情，感情自然是澄明的，可以说骨子里的纯净早已经决定了我们人生的方向。

从唐诗宋词中走来，走过陆游与唐婉，从《饮水词》中走来，走过知君何事泪纵横，断肠声里忆平生的纳兰，从布达拉宫走来，走过你爱或者不爱，爱就在这里，不增不减的仓央，爱情之于我们，是不染一丝杂质的美好，是桃花潭水深千尺的深湛，是一往情深深似海的辽远，是无法替代也无可替代的清澈。

对，清澈，只有这个词才是爱情最美丽的基调，只有这个词，才能在浊世的风浪里，为爱辟一条蹊径，让纯净与美好源远流长。

一直以来都喜欢蓝，喜欢清澈的蓝，也认定清澈的蓝，唯有水晶般通透的蓝，才能与心目中早已写下过千万遍的爱相呼应，唯有水晶般清澈的蓝，才能真正意义上衬托出爱情之于我们的好。

记得很年轻的时候，除了在唐诗宋词中读到最美的爱情，也读琼瑶的小说，也读席慕蓉的诗，甚至曾一度以为，最感人肺腑的爱情，就应该是苦痛中的挣扎，就应该是耐得住寂寞的坚定，就应该是灯火阑珊处的等待，甚至在情窦初开之时，也曾无数次向往，在开满了栀子花的山坡上，与某一个有缘人相遇，共一份地久天长的爱情。

"人生自是有情痴，此恨不关风与月"。带着心碎的浪漫，也曾在心里许下过深切的愿望，要给岁月，写一封最美的情书。期许在最深的红尘里邂逅最美的爱情，哪怕要为此而付出惨重的代价，哪怕最终要别离，只要在彼此的心里深深地爱过一次，那么再漫长的等待，也是

后记

值得。

人生的阶段不同，对爱情的理解也就有了不同，曾经以为写满伤感的爱情才是最好的爱情，才足以让人铭心刻骨，后来的后来才知道，真正的爱情不是在高高的云端之上，而是稳坐在烟火人生里的一粥一饭，真正的爱情不是白纸上的素描，而是一笔一画在生活中的细水长流，真正的爱情不是在起起落落的反复中，而是在免你苦、免你忧的举止里，真正的爱情不是在低到尘埃的姿态里，而是在彼此相惜的言行里。

人生如棋，步步皆是局，有多少爱恋就有多少的遗恨，有多少遗恨就有多少的牵念，这设局的人是谁，我们无从知晓，只能在春暖花开的日子里，随莺歌燕舞，在无法抵御的薄寒中，觅几丝温暖。在得与失之间，体会人情冷暖，在欲雪的黄昏里，定义幸或者不幸。

不知听谁说过"年轻的时候，因为羞怯，因为很多奇怪的顾虑，有些话始终没能说出来，有些要求也始终没敢提出来，白白地错过了那么多个美妙的夜晚。而在这么多年以后，如果也让这个夜晚就此结束的话，我们就再也没有什么借口可以原谅自己的了。"是啊，很多时候，有很多的事，我们以为明天可以再继续，可是就在稍作迟疑的那一刻，已然失去了机会，有很多的人，我们以为明天一定会再相见，可是就在某次不经意的转身之后，就再也见不到。

我们蹚过多少条泛着星光的河，又走过多少座开满山花的坡，可曾想过，有多少次，就因为我们自说自话的顾忌或羞怯，而让机缘消失在眼前？有多少次，就因为我们以为还有很多机会还来日方长，而让我们抱憾终生？

再乏味的人生，也会有蜜甜的柔波在心中的康河，相遇红尘邂逅爱，便是生活最美的赐予。今夜，当我细数往事，被一句看似平淡的话惊醒，知道再没有理由错失今朝，所以今夜，且让我用深情的文字，来记住这行将消逝的时光，在万紫千红总是春的无限遐想里，再一次追忆心中的爱情，给过去，给未来。

在最深的红尘与你相遇，我，一直期盼着。

感谢中国华侨出版社的钟老师，在这个草长莺飞的人间四月天，在桃红柳绿的辉映下，送给我一份这么珍贵的礼物，在继出版中国文字缘文学网首本合集《纵使人生荒凉，也要内心繁华》之后，我的文字精选结集成册，我的夙愿终于实现，这样的邂逅，温暖着我的心房。

一直以来习惯用包含着淡淡忧伤的文字，抒写一些或称之为感触，或称之为心情的文字，只为在光阴的深处再深处，寻一泓清澈的泉，在润泽生命的同时，也洗濯人生。

愿有岁月可回首，且以深情共白头。

婉约 2016.12.12 于杭州

图书在版编目（CIP）数据

相遇红尘，邂逅爱 / 婉约著 .—北京：中国华侨出版社，2017.4

ISBN 978-7-5113-6744-0

Ⅰ.①相⋯　Ⅱ.①婉⋯　Ⅲ.①散文集 – 中国 – 当代　Ⅳ.①I267

中国版本图书馆 CIP 数据核字（2017）第 067600 号

相遇红尘，邂逅爱

| 著　　者 / 婉　约 |
| 责任编辑 / 文　蕾 |
| 责任校对 / 王京燕 |
| 经　　销 / 新华书店 |
| 开　　本 / 670 毫米 ×960 毫米　1/16　印张 /16　字数 /216 千字 |
| 印　　刷 / 三河市华润印刷有限公司 |
| 版　　次 / 2017 年 5 月第 1 版　2017 年 5 月第 1 次印刷 |
| 书　　号 / ISBN 978-7-5113-6744-0 |
| 定　　价 / 32.00 元 |

中国华侨出版社　北京市朝阳区静安里 26 号通成达大厦 3 层　邮编：100028
法律顾问：陈鹰律师事务所
编辑部：（010）64443056　64443979
发行部：（010）64443051　传真：（010）64439708
网　　址：www.oveaschin.com
E-mail：oveaschin@sina.com